一本可读·可听·可观影的书

歌词独白

歌词·歌唱·MV视频

邓康延 著

海天出版社
·深圳·

图书在版编目（CIP）数据

歌词独白 / 邓康延著. — 深圳：海天出版社，2019.8
ISBN 978-7-5507-2688-8

Ⅰ.①歌… Ⅱ.①邓… Ⅲ.①歌词集－中国－当代 Ⅳ.①I227

中国版本图书馆CIP数据核字(2019)第138810号

歌词独白
GECI DUBAI

出 品 人：聂雄前
责任编辑：刘秋香　刘　婷
责任校对：叶　果
责任技编：梁立新
封面设计：宁成春

| 出版发行：海天出版社
| 地　　址：深圳市彩田南路海天综合大厦7-8层(518033)
| 网　　址：www.htph.com.cn
| 订购电话：0755-83460239
| 设计制作：今亮后声 HOPESOUND
| 印　　刷：中华商务联合印刷（广东）有限公司
| 开　　本：787mm×1092mm　1/32
| 印　　张：9
| 字　　数：150千
| 版　　次：2019年8月第1版
| 印　　次：2019年8月第1次
| 定　　价：49.80元

版权所有，侵权必究。
凡有印装质量问题，请随时向承印厂调换。

我曾读作者编写的老课本里的"天初晚　月光明／窗前远望　月在东方",忽觉心中大恸。所以识得故人知音。

——席慕蓉(作家　画家)

友人南国去,旧朋延颈望。
对天祷安康,秦关共酹时。

——贾平凹(作家)

康延的歌词创作浑然一体,处处流露出一个读书人家国情怀的厚重,不全然是元曲宋词,多半是穿越历史的秦腔,对着苍穹大声呐喊,绝地昂扬。

——杨锦麟(媒体电视人)

秦岭横云游子意,深圳流觞家国情。
八千里路歌何在?三万杯酒起我兴!

——王鲁湘(媒体电视人)

康延热忱、情深,他有这个时代少见的历史意识与家国情怀。

——许知远(作家 单向空间创办人)

序一·因为火热，所以苍凉

周国平

康延爱唱歌，唱得也好，不是职业歌手登台献艺的那种好，是围炉酒酣兴之所至的那种好，真情流露，带一点苍凉味儿。读这本《歌词独白》，我才知他还写了这么多歌词，也是真情流露，带一点苍凉味儿。我一边读，一边想着他这些年走过的路。

我和康延相识于上世纪九十年代，至今已二十多年。当时他在深圳办杂志，开始是《深圳青年》，后来创办和主编《凤凰周刊》，常向我约稿。再后来，忽然听说他辞了职，自筹资金拍纪录片了。十几年来，他坚持在这条路上跋涉，成果颇丰，但也备尝艰辛。对于他的"改行"，我曾略感惊讶，现在觉得有些看懂他的心路轨迹了。

一个人的道路，仿佛冥冥中有所预定。性格决定命运，按照我的理解，这个性格不是心理学意义上的内向或外向，沉潜或开朗，而是指一个人整体的精神禀赋。你也可以说，是一个人的灵魂密码，这密码在某个机缘下会被破译，成为行路的指南和命运的说明。

康延生长在西安，秦地淳朴浑厚的民风给他的性格打了底色。西安是唐代的古都，自幼浸染于唐诗，又给他的性格增添了浪漫豪放的基调。这两个因素交融，他的浪漫是淳朴的，毫不矫情，他的浑厚是豪放的，绝不保守。一个有这样性格的人，移民到了中国最开放的城市深圳，应该和可以干一番怎样的事业呢？

据我所知，康延开始拍纪录片，是因为受远征军事迹的感召，要给为国捐躯的无名烈士立传。接下来的事情，他在本书中多次提到一个情节：在腾冲国殇墓园拍摄《发现少校》时，他在近旁市场偶然买到了几册民国老课本，编纂者为蔡元培、王云五等学者，拍摄《先生》的设想油然而生，先后完成了二十集。康延自己相信，就此促发的老课本热以及延请"先生回来"是远征军冥冥中给他的馈赠。我的解释是，他原本就是一个热血沸腾的人，有英雄情怀，而在他眼里，无论英勇战死疆场的将士，还是坚持学术独立的先生，都是为正义而战的英雄。所以，是他心中的良知替他找到了远征军，也找到了民国先生。

读这本歌词集，我同样感受到了康延的淳厚和豪放。"播下了风花雪月 / 长出了爱恨情仇"，"慨然一声叹 / 四海本无疆"，"悬崖勒马的是将 / 悬崖不勒马的是王"，这些句子写得何等有力量。"来了就是深圳人"，深圳城市主题歌的这句歌词耳熟能详，原来也是出自康延笔下，西北人的豪放霎时转化成了深圳人的开放。然而，"看看看——/ 千秋故事　百般热闹 / 空悬了一轮冷月"。终归脱不了悲凉的调子。纵使相信"没有留不住的历史 / 没有挡得住的未来"，先生一定会回来，在这信心里面，我觉得仍是惆怅的意味居多。

合上这本书，我想用一句话总结我的感想：康延有一颗火热的心，所以唱出了苍凉的歌。

2019 年 6 月 24 日　北京

序二·诗人的 DNA

张晓风

有些天鹅，因为看到身旁前后左右都是小鸭子，所以并不知道自己竟是天鹅。

有些美女，因为家中没镜子，并且忙得没有功夫去照镜子，所以不自知为美女，像童话中的仙朵瑞拉。

有些诗人，因为太尊敬诗，不敢相信自己也有这种宿缘慧根——我所认识的邓康延好像就是这种诗人。

哪种人才算拥有诗人的 DNA 呢？哪种人即使一句诗都还没开始写，也自然拥有诗国的国籍？

邓康延多年前做杂志主编，一天黄昏接待田野调查记者，得悉远征军死无墓碑，活无余粮，霍然站起碰杯立誓，即便辞职也要去拍故国故人，要为历史打抱不平。随后远赴云南腾冲、缅甸野人山。战争已过去六十年了，但他却气血翻涌，面对缅甸斜阳兀自忧伤。荒烟蔓草中，日军连一只战死的军犬都树了正正经经的石碑——而中国当年身死异乡的执戟战士却任荒丘草长无名无字。康延的泪水,流淌在战场遗址和纪录片里,也偾张在文章和歌词里,仿如六十年后忽而奋身"怀笔投军",用一支"不锈"的笔,唤回不朽的记忆。也是在这征战逆旅,他又邂逅了民国老课本,老课本当年编纂诸先生,以及诸先生绵延的教育,暗暗激励他不断去做延伸的纪录片和展览,纵深文武民国,一路有歌。在他策展的"惊涛伟岸——致敬黄埔军校 90 周年致敬展"上,我看到他的诗人 DNA 蹦了出来,感染全场。有句话说,"爱情和咳嗽,都是瞒不了人的"——其实诗人的气质和才华,也是遮掩不住的。"诗言志(心之向往)歌永(延长)言",音乐作了翅膀,把大地和其上的人与事,载回人间。

"舌尖"上可以有中国,但华魂夏魄更可以在"吟边"现身。"吟边"是个中国文学中奇特的词组。"山边""水边"是合理的空间概念,"酒边""鸥边"也算可解,"吟边"则颇耐人寻味,"吟"怎么会有空间呢?宋人刘克庄的诗"不教俗事到吟边"(《明道祠满》)提到"吟"的世界,也是有其神圣疆域的。

愿康延自有他无限无垠且无穷无尽的"吟边",在诗句里,在歌哭里,以及,在高吟低诵的读者的心之千窍中。

2019 年 6 月 27 日　台北

自序·词迹

邓康延

如果说汉字是我的祖国，唐诗就是我的故乡。

我生长在唐代古长安的西安，没见过李白杜甫白居易，但长久沉浸于长安一片月的绝句余晖，登上好似方块汉字垒起的城墙，时常远眺。

少年时遇上"文革"，中华文化的枯水期。广播里银幕上铺满八个样板戏，戏词铿锵；诗词语录歌，响遏行云，日日灌入七亿耳朵，人人都能哼唱。苍天有耳，1976年"四人帮"被抓的鞭炮声，伴着高音喇叭的唱腔"大快人心事，揪出'四人帮'"，社论、口号、歌词应时而变。年底我作为末代知青，仍被历史车轮惯性地拉到广阔天地插队。一年中饿了半年，饿出了肌肤上的哲学、主义和匪气。当时城乡有民谣："工人老大哥、农民伯伯、解放军叔叔，知青爷"。春节我背些红薯坐火车回西安，上百号穷困潦倒的逃票知青被两头查票挤压到中间车厢，壮实的男知青把守两端车门，抱团抗票。有谁唱起知青之歌，全车厢缓缓沉沉地合唱，有女知青落泪，列车长乘警们转过身。天涯逆旅，谁家又没有知青呢？知青之歌，那是一代褴褛青春的密码，开阔于山野草原海岛戈壁高原。北京知青："从北京到延安　路程多遥远／告别了爹娘离开了故乡／来到了圣地延安／望山高入云　望水向东流／七十三条羊肠小道　我挑着担子往上爬……"；上海知青："借问你朋友来自何方／阿拉来自奔腾的黄浦江上……"；西安知青："灞河的流水银浪滚滚／钟楼的燕子在纵情歌唱……"；还有一首江南知青的情歌，词曲悲婉："我的娜娜呀　你是我心中的爱／我的心儿呦　永远地为你歌唱啊……"故事是美丽的女知青被公社干部奸污而投河，男知青手刃歹徒，入狱作歌，传唱了千万知青。那些离乡背井，匍匐田野，仰望苍穹的日子，终被滇沪知青唱着歌铁轨一卧画上了休止符。

1977年夏，我从生产队去几十里外的三原县城购买《战地新歌》歌曲集。旷野突降大雨，我脊背朝天腹部护书，直至雨停。路过一村，檐下拧衣，大娘邀我入家，帮我烘衣，嘴里念叨着：西安娃下咱这苦地方喜欢喜欢得很，后来我才琢磨出她说的是关中雅语"凄惶凄惶得很"。老人随后端出一碗面来，我礼貌性推辞一下便狼吞虎咽，拨拉到一半我停下筷子，碗底埋了个荷包蛋。在人干一天工分不及老母鸡卧一会儿的陵马塬上，一位农家老奶奶向落魄风雨的陌生知青，轻轻地端出一份无需词语的善良。秦地自古民风淳厚，"他大舅他二舅都是他舅／高桌子低板凳都是木头"。在家国风雨之后，那枚太阳就是卧在贫瘠山峦深处的一枚鸡蛋。

千里的雷声万里的闪，1977年底，国家紧急恢复高考，打破"看出身看手茧看关系"招收工农兵大学生的"文革"模式，我考入距大雁塔一箭之地的西安矿院，大学宿舍即可推窗放入雁塔来。遥想千年前，杜甫、岑参和高适一起登塔作诗。岑参吟道："四角碍白日，七层摩苍穹。下窥指高鸟，俯听闻惊风。"高而险。高适对之："秋风昨夜至，秦塞多清旷。千里何苍苍，五陵郁相望。"高而远。杜甫一上场吟出："高标跨苍穹，烈风无时休。自非旷士怀，登兹翻百忧。"天地一静。一年后安史之乱。后人有评："……少陵气象峥嵘，音节悲壮，而俯仰高深之景，盱衡今古之识，感慨身世之怀，莫不曲尽篇中，真足压倒群贤，雄视千古矣。"好词句自是见识高于知识，忧怀大于胸怀。

大一时，索尼盒式录音机裹挟着邓丽君天籁的歌喉，覆盖了大陆上亿双耳朵，《小城故事》《月亮代表我的心》《夜来香》，以及徐志摩的"海韵女郎"、苏东坡的"把酒问青天"，悠悠幽幽，夜空震颤，随后港台流行歌如潮涌来：《兰花草》《陇上行》《一剪梅》《上海滩》《龙的传人》《故乡的云》……竟是那般词那般唱那般开放；大陆歌也随之如河汇海：《乡恋》《一无所有》《军港之夜》《信天游》《少林少林》……又熟悉又陌生的词意，直教人"笑问客从何处来"。同种同语，把盏放歌，便是族群的久别重逢，歌声的相逢恨晚。朋友老六有书名概括了如斯情结："闪开，让我歌唱八十年代"。

大学毕业我被分配到雁塔路那一头的煤研所，一边搞地质科研，一边写诗，乘坐绿皮火车调研煤矿大省编绘全国瓦斯地质图。呼啸闪过的大地山川，矿井爆炸原始记录的斑斑血迹，路上善良贫困的人们和秀丽温婉的女孩，地质包里裹挟的大陆朦胧诗和台湾现代诗，收音机和卡带上新爆的音乐歌唱……雄浑夹杂着忧伤，旷远弥合着微茫。汉字的张力在心头发酵，在手头任一片纸上和书隙迸泄，我在职业和热爱两端性格分裂，精神失恋。

我描摹过底层煤矿工："从井下上来／唯衣衫汗渍白　牙白　眼白／父亲的墓碑向东方／儿子的乳名叫火娃……"；我写下要去约会未知的未来的渴望：

"只在一步之间　远方不远。"——在媒妁之言和乡约羁绊中，我需要一次向海的私奔。

90年代初，我带着处女作诗集《远方不远》一步投身深圳，转行做杂志，先后结缘深圳青年杂志和凤凰时政刊物，观察社会裂变，沉迷汉字语境。在深南路畔的午夜，与朋友酒吧碰杯，听心碎和荡气回肠的声音，我会拽起剩余的青春，跳进舞池狂舞迪斯科，血脉里摇滚起。

2001年，电视剧制片人郑凯南大姐邀我救急：为拍竣的电视剧《日出》写歌词。心中无谱，随口谢绝。她带剧组拽着我去深圳振兴路醉翁亭，微醺之际，相约试试。那晚苦思冥想至夜半，忽地冒出一句"种下了风花雪月／结出了爱恨情仇"，闸门一开，黎明前涌出三首词，也成了我日后作词影视剧的源头。

陕西版电视剧《锦衣卫》《大秦帝国》开拍时，纪录片人王渭林和音乐家赵季平先生举荐我写歌词。制片人焦阳找来说，想要跳出了秦地的秦人写。也就有了"又有谁能扛得住太阳下山""悬崖勒马的是将／悬崖不勒马的是王。" 我少时曾在西安杜甫巷寻访，沉香亭畔倚栏，置身骊山斜阳兵马俑发掘现场，乐游原上的古诗词和人字雁阵，慰藉一颗少年敏感的心。

后来坐于南国案头遥望西北,我开始写一些西安的歌词。离开秦川,秦腔反倒回旋起来。

深圳市举办大运会、读书月等活动,春风喧哗,邀我作MV歌词。移民到移民之都的二十多年,浸润于鹏城日月风雨,交往着各省老友新知,感念感恩,就有了城中合唱曲歌词《来了就是深圳人》《云在青天书在手》,同时也写下些尚未唱响的民间深圳。一方水土总有一方唱,在故乡和第二故乡之间,站着寂寥与旷达。"长空雁过天有字/是谁伫立读出秋"。

投身杂志多年后,受到企业家应宪先生鼎力支持,我转行去做比白纸黑字更夯实的纪录片,与岁月拔河,扑面而来了远征军、民国先生、黄埔生、老课本、深圳民间、虔贞女校、野性深圳……我发现任何晦暗的年代总有些人挺身伫立,如同绵延不绝的山岭江河,高古伟岸。我们所作的文武民国、民间深圳和文化春秋等系列纪录片,一般无需主题歌,而我想尝试主题提炼的MV式流传,所以兴之所至,常撰歌词,终因资金和时间匮乏,成歌不多,所成多为音乐家何沐阳先生的友情助力。记得《黄埔》纪录片首播日开幕的"惊涛伟岸"展上,光明中学的孩子合唱了黄埔校歌,接着片子主题歌《不锈》MV如大风掠过全场和两岸的抗战老兵:"水在河里　不锈/星在夜里　不锈……

血泪在史册里　史册在墓碑里　不锈／没有什么能够挡住岁月的子弹／国家的枪在记忆里／不锈"。

去腾冲国殇墓园拍摄《发现少校》时，像是冥冥中远征军的馈赠和提醒，我偶然发现了民国教科书，开始写老课本专栏，制作和策划《先生》纪录片及其延伸的"先生回来"展览。蔡元培先生想用美育替代宗教，丰子恺先生想要艺术建国，民国音乐课蛰伏着人类共通的美育，多些琴棋书画，就会少些焚琴煮鹤。音乐教育家沈心工谱有一首《兰》，草木微醺，弥漫春秋："空谷人踪少　遍地生兰草／年年春风起　叶茂花开好／纵然人不识　依然花含笑／笑向冷淡淡的梅花订深交"。台湾歌词家方文山先生曾建议我把学堂乐歌作成一部音乐剧，或许共鸣两岸几代人。我有时恍惚觉得，自己就像当年学校接力赛决赛一刻的替补，主力伤退，我接棒的一瞬只能狂奔，耳边的风呼啸的是历史，身旁的景跃动着河山。

我一直心仪三首雄性的歌唱，崔健《一无所有》，汪峰《存在》，许巍《蓝莲花》，"我曾经问个不休／你何时跟我走／可你却总是笑我／一无所有／我要给你我的追求／还有我的自由……"；"多少人走着却困在原地／多少人活着却如同死去／是否找个借口继续苟活／或是展翅高飞保持愤怒／我该如何存在……";"没有什么能够阻挡／你对自由的向往／心中那自由的世界／如此的清澈高远／盛开着永不凋零的／蓝莲花……"。他们唱着生命的通达、年代的缺少,让我们听到蓝莲花花开的声音。

这些年,一路上,看似我在四处不断寻觅,实是被一只看不见的手推着走。故国文脉的浸润,文武民国人物的势场,四方朋友的助力,深圳的包容,尤其几位兄长的厚爱,放纵了我的率性:先后主笔两份刊物的卷首语和一家影视公司的纪录词,何尝不是歌词的雏形、生息的回荡;我的妻子信一心常常是这些作品的第一读者,她的严苛融入了我的许多改动;出版人尹昌龙和聂雄前先生督促了两年,让我终能在市声喧嚷中一度静心整理集子;艺术家卡门女士设计的海报为纪录片和书籍增色。可待聚拢起二十年来的百多首词,又多觉汗颜,带着时光的印痕与雷同,以及自我局限。我未做多的改动,算是保留当年的行迹、心迹,只在一些词后加附一点故事缘由。独白,既是角色独自沉吟的表白,也似唐人送友江边伫立,天地苍茫,一帆独白。

这本集子尚具独到之处,有些歌词已结缘音乐,融为歌声,并连缀着纪录片影视剧的影像和图照,借助网络工具，文本可以响动入云。所以，《歌词独白》＝歌词＋歌唱＋MV视频＋影视海报，堪称一本可看、可听、可视频的书。

书至付梓，好比酒至半酣，忽生敏感。往事里那些万籁俱寂处如针落地的细节，一时掷地有声起来。文化如衣冠，我这一簇针头线脑，只是牵挂自家风雨的一袭衣襟，以及衣襟下的忧喜悲欢。所谓怀抱，只是抱不下的别称。

我们的大部分心事唱不出来，唱出来的未必尽是所想，所想的也未必都好，但总是要写，要唱。如果你曾经暗夜听人独唱而垂泪，有过融入广场万人合唱而热血，你懂得词，词也懂你。

2019年6月15日 深圳

目录 | contents

暗夜一束光

相关纪录片：《寻找少校》《重返野人山》《黄埔》《先生》《名媛》《百年南开张伯苓》《布衣中国》《盗火者》《深圳民间记忆》《民间》《野性深圳》……

愤怒的河　高昂的山　002

缅甸斜阳不懂我的忧伤　004

不锈　006

向死而生的学校　007

先生回来　009

名媛民国　012

江湖张伯苓　014

爱你如衣　016

棉花　017

香云纱　018

问明天　020

每个人都是传说 021

一个个我变成我们 022

虔贞女校 024

万物灵性 027

暗夜一束光 029

每个人的电影 031

世上最长的街 033

籍贯在东方 035

母语 036

百草生 037

落草为王 038

每一次都像是最后的迁徙 039

命中有数 040

日出日落
是春秋

相关电视剧:《日出》《空房子》《林海雪原》《谷穗黄了》《锦衣卫》《贞观长歌》《苏菲的供词》《梅艳芳菲》《子夜》《大秦帝国》《北大荒》《金陵秘事》《大千世界》《人小鬼大刘罗锅》……

日出日落是春秋 044

一滴朝露 046

那年去看山 048

无果的花和无花的果 051

有一种爱情 052

空空的巷子 053

白山黑水小村庄 054

百年世事一谷穗 055

知道 056

猜不透 057

一枝梅 058

爱人　你是不是我的长久　059

女人最怕时间的手　060

叹遍春暖秋凉　061

往事如风　062

梧桐雨　063

一笔画江山　064

天荒地荒破天荒　067

家是一盏灯　068

谁　069

天演棋局　070

金字旁的钱　心字旁的情　071

儿女情长长不长　072

谁的胡琴淌过江河水　073

女儿柳　074

人有思　075

蓝天红日白鹿原 077

小麦花开 079

又有谁能扛得住太阳下山 082

谁能挡 一个情 084

悬崖不勒马的是王 086

是谁垂钓渭水上 087

风华绝代总是乱世生 088

泾水清 渭水黄 089

盛世大唐风 091

江山风雨中 092

四海本无疆 093

天生一个小罗锅 094

不得了 095

日月明 人言信 096

老师的老师是孔子 097

莲的心事

等待二首 100

江湖 103

朋友如水流 104

沉淀下的是朋友 105

春问 106

快乐兔 107

莲的心事 108

无需仗剑走天涯 110

最念故土风雨多 112

万里长河收一卷 114

棋（四首） 116

野牦牛 121

玉蝴蝶 124

咏物一组 126

童谣三首 128

风行

十八岁 132

风行 134

寻找同悲哀的人 135

无端心绪 137

故国茶事 138

三江河 140

五城词 142

抗战六地标 147

母爱的原野 151

我知道 154

西安深圳端直走

来了就是深圳人 158

深南路 160

云在青天书在手 162

纵横四海 164

一片海三艘船 166

西安深圳端直走 167

关中 170

长安情迷 172

大雁塔 173

城墙 175

想西安 176

温一壶民国　把盏长安 177

故都风物·二十一条 179

春秋调

是谁 186

春秋调 187

故人五阕 189

古曲三唱 196

举国四美 198

历史溯源 204

集句小辑 207

集李清照词 213

成语故事 215

附录一 221

附录二 225

跋 228

暗夜一束光

每个人命运的蒙太奇
　　　　藏着一束光
最暗的地方可以最亮
最亮的地方看见天堂

愤怒的河　高昂的山

一

彩云之南　山河锦绣
遥远了历史的伤口
有谁能听懂高黎贡山的风声
有谁能明白一条名叫愤怒的河流

二

青山埋忠骨
流水别故人
天地本无心
岭上多白云
后世仰天叹
中国远征军

《寻找少校》主题歌

链接·关于《愤怒的河 高昂的山》

2004年,我任《凤凰周刊》主编第五年的一个黄昏,几位云南田野调查记者来访,谈起远征军的前世今生,促发我转身去做纪录片《寻找少校》。这首词是我在高黎贡山、怒江辗转拍摄时心头的自然生发。片子制作历经各种坎坷,终因了团队坚守、四方友人厚爱以及中美远征军冥冥中的助力,成为大陆电视台最早播放的远征军纪录片。歌曲原由音乐家黎中信先生谱曲,因为时间和资金都紧张,片中未能呈现。

缅甸斜阳不懂我的忧伤

像是见过你　兄弟
那一年
全世界的雨泼洒你
全中国的苦压着你
从此一去千万里
陌生的土地
故国与你
只能相互在梦里

缅甸斜阳不懂我的忧伤
野人山在哪里
捧一把埋过你的缅甸的土
带着你　带着你
回去　回去　回去
回家去

《重返野人山》主题歌

链接·关于《缅甸斜阳不懂我的忧伤》

2011年3月,我和戈叔亚、常博、孙春龙、高飞、黄睿,六人赴缅寻找远征军,为流离的老兵送一份抚恤,为阵亡的将士掬一捧祭祀,并想回迁骨殖。一队人马身着迷彩服,问路乡野,引人注目,被移民局、警察局、军政府几度围追盘查,一次扣在警察局,一次扣在军政府,询问我们是不是在寻觅他们的金玉矿产,却未料我们是在寻访国家当年失落的宝。

半个多月,我们看到了墓碑纵横、肃穆庄严的英军墓地;也看到了小桥流水、错落有致的日军墓园,碑刻至军马战犬;却只找到中国军人的两块半墓碑,半块是远征军38师的残碑。中国墓地多被砸毁推平。

一天黄昏,我们照常扛着索尼摄像机,乘着两辆租来的日产汽车,颠沛在缅甸旷野。望着窗外的一轮硕大夕阳,我眼前突然模糊,心头涌出一句:"缅甸斜阳不懂我的忧伤"。邻座戈叔亚兄也不禁唏嘘。

后来,友人音乐家何沐阳说,拿到歌词的一瞬抓住了他,这是招魂曲,充满了黑色的力量。

不锈

水在河里　不锈
星在夜里　不锈
梦在心里　不锈
爱在痛里　不锈

家国巨变　山河依旧
血泪在史册里　史册在墓碑里　不锈
没有什么能够挡住岁月的子弹
国家的枪在记忆里
不锈

《黄埔》主题歌

向死而生的学校

清清的河流高高的山岗
慈爱的爹娘美丽的姑娘
鱼米之乡父母之邦
为了他们我去了军校
因为我是中华儿郎

向死而生的学校
一半人未能回返故乡
东征北伐铁血抗日
手足连心的抵抗
日本兵锋利的刺刀
穿不透五千年的胸膛

黄埔军校
珠江衣襟上的一枚带血的勋章

《黄埔》配歌

链接·关于《不锈》《向死而生的学校》

2010年7月,我随老康兄赴台办展"浩气长流",那是五十多位大陆画家历时五年创作的抗战史实画卷,两米高,八百四十米长,在孙中山纪念馆内外铺满。那次台北行,我专程拜访了中华抗战纪录片第一人陈君天先生,又邀他看展,其间游说他合拍黄埔军校。

两年后他抵达广州长洲岛,带着我们越众影视团队拍摄十集纪录片《黄埔》,在黄埔建校九十周年的2014年6月16日,《黄埔》播出,延伸的"惊涛伟岸"展览同日开幕,选取了巨画《浩气长流》片段,海峡两岸及香港、澳门黄埔老兵出席,两岸黄埔后代作家张晓风等参展,光明中学学生演唱黄埔校歌,李祥霆先生抚琴"九霄环佩"《将军令》,现场播放我与何沐阳合作的这首《不锈》的MV。有位画家感言,参加过那么多开幕式,未曾见过在歌声和泪水里开幕。

先生回来

一

如果迷路
你回不来
如果有霾
你回不来
但是今天
你要回来

回到从前
回到民国
回到无所不在
回到红楼和梦
碰不见的未来

回来是另一种离去
离去是云中的又一次回来

二

只要天还蓝着
就有鸟飞过
只要鸟儿飞过
春天就存在
只要春天吐新芽
先生就回来

从蓝天万里来

从碧波千顷来

从黄土百年来

从一声呼唤来

没有留不住的历史

没有挡得住的未来

且听一曲九霄环佩

看一栋红楼外

天蓝风清云白

风帆如林

人生如海

岁月有念

恍然如来

"先生回来"全媒体致敬展主题歌

链接·关于《先生回来》

像是偶然，2008年在腾冲国殇墓园拍摄纪录片《发现少校》间隙，我在旁边的玉石市场发现了几册民国老课本，随后撰写了几家专栏《老课本 新阅读》。在课本版权页发现编纂者为蔡元培、王云五等人，想起自己多年前就想拍摄民国先生。当十集纪录片《先生》于2012年8月16日播出，所延伸的"先生回来"全媒体致敬展于深圳关山月美术馆开幕。十位民国先生蔡元培、胡适、马相伯、张伯苓、梅贻琦、竺可桢、晏阳初、陶行知、梁漱溟、陈寅恪一道"莅临"，随后他们走过北京的798圣之艺术空间、南京的1865凡德艺术区、杭州的中国美院、台北的华山创意园红馆、北京的新文化运动纪念馆（北大红楼）、广州的辛亥革命纪念馆，并在2017年偕纪录片《先生》第二季中的另十位先生：于右任、王云五、司徒雷登、鲁迅、林语堂、梁实秋、傅斯年、钱穆、张季鸾、丰子恺，组团二十人，同赴陕西美术博物馆，并驻扎于成都的安仁古镇先生博物馆。

关山月美术馆首展时，凤凰卫视的王鲁湘先生现场采访，本计划报道一集，又扩展至"老课本"，最终在《文化大观园》播出三集。这首词疾就于2015年4月18日北大旧址、沙滩红楼开展的前夜，于开幕式上朗读。两个月后的闭幕式上，李祥霆先生抚古琴"九霄环佩"古调送别，音乐附中学生继以民国服装和歌曲《送别》登场。岁月有念，恍然如来。

名媛民国

山河里的水
季节里的花
乱世里不乱的柔美
我的国家我的家

被墙挡的春风还是春风
他他他后面都有一个她
最近的春秋见民国
民国伊人是梅花

遥知不是雪
为有暗香来
飞流直下三千尺
飞珠溅玉刚烈柔情都是一个她

《名媛》主题歌

链接·关于《名媛民国》

有次深圳诸友相聚,色香味居的好友姜威说:"老哥,你不能只拍先生,也得拍拍小姐啊。"众笑。我心头一动:好,不过要叫《名媛》。

2011年9月,饱读民国著述的姜威发我一组民国名媛的照片,附了一句话:"老哥,只能帮你到这里了,胃痛得不行。"一个多月后他病逝。

我立誓要拍出这个系列。历经波折,十集《名媛》于2017年首播,深圳观一荟做了纪录片延伸首展"如果如花"。第一季名媛是:毛彦文、凌叔华、陆小曼、唐瑛、林徽因、孟小冬、张氏四姐妹、赵萝蕤、张爱玲。

这首词因时间和资金问题,未能成歌。片头歌用了黄自作曲的白居易词《花非花》。我在参与台北何创时基金会"大器磅礴"展览开幕时,聆听了台北女一中的妈妈合唱团身着旗袍演唱这首民国流行曲,启发我用作了片头:"花非花,雾非雾。夜半来,天明去。来如春梦不多时,去似朝云无觅处。"

江湖张伯苓

有水就有月亮
俯身一掬月光
有火就有太阳
取火不怕灼伤

东边把盏渤海
西边沉醉夕阳
北卷燕山千里雪
南开津门一扇窗

让心透亮
让后辈透亮
一个人的江湖
转个身　恣肆汪洋

《百年南开张伯苓》主题歌

链接·关于《江湖张伯苓》

友人王德源与几位校友一道,支持我在其母校南开大学百年校庆之际,拍出一部长版的"先生张伯苓",凤凰卫视原同事刘晓梅导演有志担当。此词未用在片中,却在延伸的展览中暖场。每当我念及张伯苓先生,就会联想到江湖:北洋水师的兵勇,津门南洼的校长,聚财泉水三教九流,容纳师生风云气象。一个人的江湖,烟波浩渺;转个身,恣肆汪洋。

爱你如衣

棉花开过的四季
苍凉依旧的大地
故乡的讯息　裹住我的浪迹
梦里温衾的暖意

丝路绵延千万里
岁月转身的距离
缠绕的往事　编织成绸忆
而你针刺般华丽

等风起　爱你如衣
剪相思　归去遥遥无期
沉香的那匹　一直压箱底
留给你今生来世做嫁衣

冷暖不弃　爱你如一

《布衣中国》主题歌

棉花

不怕风吹雨打
生来温暖天下

贫贱的花　高贵的花
憨厚的花　结实的花
一片雪里包着火
一个寒冬藏着夏

千丝万缕一根线
大地慈母总牵挂
世上的花儿枯萎是凋零
惟有你谢落是回家

天上织女星
地上白棉花

《布衣中国》配歌

香云纱

泥里踩踏
心乱如麻
纵横经纬
衣被天下

苦藤甜瓜
战乱袈裟
珠江浣南国
一袭香云纱

《布衣中国》配歌

链接·关于《爱你如衣》《棉花》《香云纱》

五集纪录片《布衣中国》足足拍了三年,前后尽力的编导摄像有十多位,我的主题歌词也写了十多稿(前四稿见附录一),老搭档何沐阳作曲、演唱。沟通时他说,不必大到家国叙事,最好以小角度譬如爱情切入。我随口道,那就叫"爱你如衣",他当即叫好。我很快拿出一稿,他做了些润色,就有了定稿的MV。央视播片时,却未用。纪录片获得了几个大奖。主题歌倒是在电台播放获奖,也在网络上受到欢迎。

因为拍摄遥远的老兵和近处的《布衣中国》,我意外获得中国服装协会"2014非凡时尚人物奖"。主办方放完这首MV,我上台领奖致辞时,诵读了另一首歌词《蚕娘》——我从民国音乐课本第一次看到这首歌曲,就被感动,正可致敬几千年来织锦大地的母亲和百年来裁剪中国衣着的人们:

"青青陌上桑,叶如掌;蠕蠕箔上蚕,白如霜。蚕娘朝采桑,忘理妆,归来匆匆饲蚕忍饥肠。

但得蚕儿长大愿已偿,自己减衣缩食又何妨。要是没有蚕娘费心苦,哪有这些罗绮做衣裳。"

问明天

一棵树摇动一棵树
一朵云推动一朵云
一个灵魂唤醒另一个灵魂
一个灵魂就是一片天空

守着东方一张课桌
大地母亲悄悄在问
今天交给你一个孩子
明天还给我一个怎样的青年

《盗火者》主题歌

每个人都是传说

记忆的河悄悄流过
寻梦是一种漂泊
一同走过从前
每个人都是这个城市的传说

《深圳民间记忆》主题歌

一个个我变成我们

一滴水里的大海
一片叶子的森林
一个个我变成我们
一个个人变成人民

无边无际的民间
潮起潮落的青春
手拉手围成一个个同心圆
那是我们的年轮

《民间》主题歌

链接·关于《每个人都是传说》《一个个我变成我们》

深圳民间组织多元活跃，堪为城市名片。片子的宣传语是："他们以热爱为组织，构建人间山水。"我们从一百多个组织中选出三十个寻找素材，再跟踪拍摄了十五个组织共十五集，最终十二家组织成片十二集。如同《先生》首播日延伸的"先生回来"致敬展开幕；《民间》在深圳台首播日也延伸出一场"民间来了"大展：中心书城为十二家民间组织提供展位，请他们自行布置，一时琳琅满目，热闹非凡，为自己造翅膀的拉来中巴大的飞机；无线电火腿族铺开电台可与欧美国家和中国台湾同频率发电；山野救援队搭起帐篷和攀岩模型；关爱老兵网发放明信片请市民向老兵问候……犹如深圳市民的大派对。之后我又联系央视纪录片播映，副总监、著名纪录片人陈兄道："题材敏感，又是地域性，难播。发来看看吧。"不久，纪录片频道选播五集。那一周黄金时段的央视九套，是深圳民间组织的嘉年华。

拍摄者越众影视团队也是一家民间组织，历时十年，制作的百多集城市纪录片如同一城影集。我们在寻找风景时，也成为一隅风景。

虔贞女校

百多年前的女孩会唱什么歌
当男性的土地都在沉默
那口古井已无回声
那棵老树影影绰绰

客家人在大地上漂泊做客
又来了远方不速之客
一个村落摇着摇篮的手
捧起书本上课

打开心扉　打开裹脚
一念之差的变革
千里神交　千金一诺
一群女孩开始唱歌

青山犹在故人去
浪口虽小大风多
若把他乡当故乡
人心虔诚便是好山河

链接·关于《虔贞女校》

1878年，瑞士、德国传教士在深圳浪口村建起一座虔贞女校，先后有上百教师接力服务，不少人结局悲凉，然而信仰和人性温暖。近几年当地两位女性韧性地在珠三角和欧洲追溯旧校址上绵延的故事，也打动我们纪录片团队跟拍了三年。在"虔贞女校"展览开幕前夕，受追溯者王艳霞、唐冬梅女士之嘱，谨撰文作为展览结语，写罢难以自已。（附"虔贞女校"展览跋）

他们是砖瓦　我们当铭记

那时候漂洋过海不是易事，漂洋过海到陌生贫瘠的土地上做事更难，需要信仰、毅力、善良还有好的身体，有些人很年轻就埋在这儿，墓碑都没留下一块。反把他乡作故乡的人，上天时已会说客家话。

清末民初中国羸弱，边远客家乡村更弱，女孩属弱中之弱。虔贞女校要让扶摇篮的手从此有力，何等智慧和胆魄？惊世骇俗，惊艳四方。多少孩童的命运从谷底走向山峰，土地长出灵性。

很遗憾，我们不能在他们离开时或弥留日，道一声感谢，甚至整旧复旧的老校建筑，也已不复当年相貌。但记忆在气场就在，感恩在美丽就在。那口井还在，可以夜晚装着星星；那棵游戏的树还在，孩子们旋转有了核心；那口响彻天空的铜钟还挂在隔壁高处，当当几声南国一震。

人类文明的传递，有时只需拉着手，嘴角一抹微笑或眼底一缕忧伤，都有了。

砖瓦如玉，时光铭记。

这些教师的名字我们已对不上人，刻勒在这里，他们有空重返浪口时，会看到。

【补寄】

纪录片《虔贞女校》片尾歌最终选取了客家民谣,请浪口村的老人原声来唱,我想,也许那些异邦先生的在天之灵能够听懂——

大船漂落海中心
大风大浪打唔沉
哪有山歌唔开唱
哪有山歌唔撩人

伊爱唱歌伊就唱
唱出日头对月光
唱出麒麟对狮子
唱出金鸡对凤凰

久唔唱歌忘记歌
久唔行船忘记河
好久唔曾相会过
人情唔料又生疏

万物灵性

一

鸟儿驮着太阳
猴子捞着月亮
万物皆有灵性
树木也会歌唱

大自然
我们悲喜交加的故乡

二

太阳亮亮
月亮晃晃
山河大地
万物生长

所有的母亲深藏母爱
一如海洋

《野性深圳》主题歌

链接·关于《万物灵性》

《野性深圳》拍摄历时两年，编导歌子、张文庆和摄像罗亚琴足有半年沉浸在浅海滩涂地和内伶仃岛上。央视纪录片频道几度播映，深圳红树林和岛屿的另类土著、移民为特区活泼亮相。我写了主题歌，可拍到后来剧组已经像猴子和黑脸琵鹭一样，到处找粮糊口了，歌的奢侈就被生的困窘逼下台了。倒是有次朋友小聚时，一西北哥们儿拿过我手机里的词，无伴奏信口开唱，获了个满堂彩。其实，借着酒劲什么都高亢，醒来一地苍凉。

暗夜一束光

露天广场汇聚起四面八方的向往
好像白帆悬挂在沧海上
埋伏一百年的暗夜突然一束光
卑微的人发现远方
别人的命运淌落在脸上
有谁在角落里隔代苍茫
如果没有梦想
他和她只是零散的村庄

走过　走过那原野苍凉
看过　看过那百花盛放
每个人命运的蒙太奇
藏着一束光

多年后又听到那首主题歌
想起第一次邂逅的远方
让爱重新回到出发的地方
世界浓缩成一个晚上
别人的命运淌落在脸上
有谁在角落里隔代苍茫
如果没有梦想
他和她只是零散的村庄

走过　走过那原野苍凉
看过　看过那百花盛放
每个人命运的蒙太奇
藏着一束光

最暗的地方可以最亮
最亮的地方看见天堂

第 33 届百花奖开幕歌曲

每个人的电影

每一块银幕下
故事相映生辉
天知晓白与黑里的喜与悲
光如剑　划过心扉
梦在咫尺间闪回
不经历彩虹　不知风雨
再强之敌都怕无畏
一豆灯火决斗夜黑
等你的人还没睡

第 33 届百花奖配歌

链接·关于《暗夜一束光》《每个人的电影》

2015年9月18日,吉林。《大众电影·百花之夜》报道:"由邓康延填词制作、何沐阳作曲演唱的《暗夜一束光》拉开了本次'百花之夜——致敬中国电影110周年'的序幕,歌曲映现着电影人的信仰和观众的热望,露天广场熟悉的光影回溯了中国电影艺术,记忆中最珍贵的点滴。如歌所唱:'每个人命运的蒙太奇/藏着一束光/最暗的地方可以最亮/最亮的地方看见天堂'。正是中国几代电影人不倦的追求、无悔的付出,塑造了这道可以让历史流动的光。"

此前百花奖筹备者来深圳找我作开幕歌曲,当晚席间把盏心头跳出一句"暗夜一束光",顿生感觉,想起童年在西安、插队在三原农村看露天电影的场景。写了十多稿(前三稿见附录二),仍与老友何沐阳磋商、合作。作成时主办方担心调子低沉了些,我们据理坚持。后来,此歌在会场上、明星中受到好评,也被深圳广播电台授予当年最佳作词。我得益于暗夜这束光多矣。

世上最长的街

背着故国上路
做了他乡唐人
走过许多繁华热闹
还留着一口乡音

黄河远　远如云
谁说浮云没有根
世上无药医乡愁
乡愁一把攥古今

一条世上最长的街
东西南北走着中国人
别了故乡处处是故乡
沧海明月游子心

备选《唐人街》主题歌

链接·关于《世上最长的街》

2005年,我为凤凰卫视《唐人街》纪实栏目作词。第二季节目停做,歌也未用。这是与音乐家何沐阳合作的第一首歌曲。他说喜欢这首词,但一直未作曲。有一天忽然有了感觉,抓起吉他,一弹而就。可惜未能录下。

籍贯在东方

甲骨文刻着太阳
青铜器盛着长江
风雨声中的母语
籍贯在东方

诸子百家是我家
四海兄弟同故乡
大雁的人字托着天
船夫的号子拖着江
黄河远来白里黄
山峦之上长城长

耕耘土壤　耕耘思想
勤劳智慧就是天下粮仓
我是中国人
籍贯在东方

母语

躺在一片海棠叶上
听鸟鸣虫鸣风声雨声
隐隐听见妈妈叫我小名
我想快快过去
却寸步难动
原是云天一梦

攥一把黄土的东方
捏一个祖上的象形
母语母语
是妈妈的妈妈的呼唤声
生来背负了方块汉字
只能互为光影

备选《文化东方》主题歌

百草生

江山生百草
无语空灵
半夏逍遥散
大地姜葱

色是色
花非花
千年伤心落泪处
一草解一痛

甘草没有黄连苦
芍药对饮玉苁蓉
三七百合五味子
梅兰竹菊　春风舞冬风

当归离乡远
柴胡胡不同
板蓝根底望长天
故国晨昏谁解梦

百草生
万物荣

备选《千年一脉》主题歌

落草为王

有一棵草它姓中
中国中医叫郎中
千年一脉　四方百岁
谁能不生病
大地为伍　落草为王
置之死地而后生

如围棋
一子动了全身动
如易经
阴阳之间雌亦雄
如中庸
有谁向隅都不行
如筷子
两边夹击成一功
如中国
人世熬煮爱也痛

有一棵草它姓中
东西南北　望闻问切　上穷碧落　草木皆皆皆是兵

备选《千年一脉》配歌

每一次都像是最后的迁徙

东北西南不只是距离
还有生死别离
春夏秋冬不只是季节
还有悲欣交集

抓不住的疾风
淋不透的阵雨
爱不够的情爱
叹不完的叹息

一只鸟的羽翼
连接天空和土地
遥远的经纬度
每一次都像是最后的迁徙

如果有来生
你还会不会相约在这里
问天问地问自己
问天问地不如问自己

命中有数

一颗红心
两手准备
三线建设
四季辛苦
转眼几代人
黄土覆黄土
千山听鹧鸪

生命无数
命中有数

五湖四海
七零八落
九霄云外
十步芳草
万里无归途
白云几苍狗
云深不知处

命中有数
生命无数

链接·关于《每一次都像是最后的迁徙》《命中有数》

一直想拍一部三线迁徙的纪录片。我有一些三线长大的友人,我也有下乡插队的亲身体验,或殊途同归,或同途多歧,或无途能归。当年千万人、千万里的人生突变,只因一纸指示、一声令下,改变了几代基因。

日出日落是春秋

一

种下了风花雪月
结出了爱恨情仇
一个人的命运
有谁真能看透

日出日落是春秋

种下了风花雪月
结出了爱恨情仇
一个人的命运
有谁真能看透
说不尽的飘零
逃不掉的邂逅
留不住你的颜色
洗不尽他的忧愁
千古一轮月
照谁上高楼

一颗流萤飞过
夜更黑了
孤单的人儿呦
不知道迷路没有
天边鱼肚白了
潮水落了
心碎的人儿呦
看见了朝霞没有

绿叶黄了秋天
雪花染上了白头
一个人的命运
有谁真能看透

故乡远在天外
故人犹在心头
故事被风吹走
落在了谁家的窗口
小暑大暑接白露
日出日落是春秋

《日出》片头歌

一滴朝露

一夜冷风吹
露珠草上凝
天地无语悄悄春发生
一生之水一滴露
何处觅芳踪
身也飘零　心也飘零

夜夜盼天亮
又怕朝日升
千年相逢转身离别中
滚滚红尘来复去
只见日月明
爱也是痛　恨也是痛

相识在远方
相思在黎明
芳草连天尘埃终落定
绵绵岁月堆成土
女儿水做成
来也晶莹　去也晶莹

人醉了　梦醒了
人醒了　梦碎了
天已亮　人已去

泪已干　风已静
一滴朝露
一滴朝露一点红

《日出》片尾歌

那年去看山

那年去看山
石头也柔情
那年去望海
风清月儿明
双鸟交颈眠
大地万物静
只盼一刻是一世
不求千年作永恒

往事历历如昨
只是换了风景
情怕一生念
花怕一日红
桃李春风一杯酒
江湖夜雨十年灯
含泪眼望含泪眼
断肠人送断肠人

伊人伊人呦
别人梦你你也梦
风说雨说太阳说
如今谁听懂
千人万人中
一人两人知

望山望海望苍天
斯人独背影

《日出》配歌

链接·关于《日出日落是春秋》《一滴朝露》《那年去看山》

这算是把我拖入词坛的处女作。2001年的一天，制片人郑凯南大姐请我为她作制片人的电视剧《日出》写歌词，我随口谢绝："能写诗但没写过歌词，而且众人熟悉的剧目更难写。"她说咱们先去吃酒。

几天后，郑姐电话来催："人家蔡琴要唱了，词呢？"我才想起答应过"要日出而作"呢。当夜抓耳挠腮到后半夜，突然冒出两句："种下了风花雪月／结出了爱恨情仇"，像是搬开了一块石头，一股小溪冒了出来。两三个时辰，写出三首。尤其写到末句"小暑大暑接白露，日出日落是春秋"，人名、戏名、节令无痕衔接，也算收得住了。音乐家王宪先生谱了曲。郑姐后来告诉我，台湾歌手蔡琴拿到歌词赞许，还以为出自台湾老作家。另一位男歌手罗时丰唱完分配给他的插曲，又来电希望再唱蔡琴唱过的那首，半年后我收到他寄来的唱片集。此后，郑姐的七八部电视剧的歌词就都交给了我。以至于有次写出一首自觉不错的词，问她能否就此去拍电视剧，相当于弄了个后视镜，请她配个车。

无果的花和无花的果

眼睛望着眼睛的时候
我中有你　你中有我
左手牵着右手的时候
我温暖你　你温暖我

门前的大树青了又黄了
世上的爱情却不曾老过
有些花开着无果的花
有些果结出了无花的果

一次次问人问自己
才明白说不明白的是生活
风吹过云飘过鸟儿飞过
那棵树下坐着另外的传说

《空房子》片头歌

有一种爱情

有一种约会
一生只有一回
有一种离别
永远不必伤悲
有一种依恋
黯淡了日月星辉
有一种寻找
追逐千山万水

和爱你的你爱的人
一起欢笑一起流泪
有一种爱情
已然已很美

《空房子》片尾歌

空空的巷子

夕阳缓缓走过那条空空的巷子
谁家的门楼上挂着记忆的钥匙
当思念变成天上的彩云
忧伤化作了诗
大地依然　大地依然　默默地春华秋实

平凡的人家有不平凡的故事
爱过的爱　再老也不会过时
如果一首歌能让你回想起往事
那么再厚的年轮
也裹不住那些年轻的日子

《空巷子》主题歌

白山黑水小村庄

白的是云　白的是雪　白的是姑娘
红的是火　红的是血　红的是高粱
黑的是土　黑的是夜　黑的是刀枪
天上的鸟群已回巢
兄弟们奔行在路上

一袋烟的功夫狂风已打住
一条汉子头也不回匹马雪原上
戴的是狗皮帽子伴的是虎狼
今晚不见兄弟的面
高高的月亮照山冈

喝的是酒　喝的是风　喝的是张狂
走的是山　走的是沟　走的是苍凉
抱的是爱　攥的是恨　扛的是太阳
兄弟哟　若是今生不相见
替俺回一趟白山黑水小村庄

备选《林海雪原》主题歌

百年世事一谷穗

黑的土长出金黄的谷
白的雪埋了回家的路
蓝的天飞过掉队的雁
红的血染红历史的书
走不完我的山河和朝代
爱不够我的女人和父母

冬挂冰凌夏飞花
爱恨情仇一棵树
枝枝杈杈刺向天
每一片叶子连着土
仰天吼一声东北风
软了心肠硬了骨

大情大义大江湖
能有几人传千古
百年世事一谷穗
颗粒饱满天下足

《谷穗黄了》主题歌

知道

春天知道　树枝在哪分杈
命运知道　她为何遇上他
土地知道　一川逆流的悲伤
你知不知道　爱与不爱都有代价

《苏菲的供词》主题歌

猜不透

雨是天空的叙述
没有谁能躲过忧伤
当故事成为事故
青春一夜变黄
猜不透　一片云之上是雨还是太阳
猜不透　一个人身后是遗忘还是难忘
在别人的眼中　看见自己的模样
在自己的掌纹里　发现远方

《苏菲的供词》配歌

一枝梅

多少花　以暖为家
惟有她　冰雪天涯
一瓣寒梅赛似雪
绝处生芳华

多少情　不言也罢
玉树临风落寒鸦
风花雪月　刀霜雪剑
原本是一家

拿不走　也舍不下
几千年　塞翁失马
青山一曲红颜老
雾非雾　花非花

备选《梅艳芳菲》主题歌

爱人　你是不是我的长久

为什么热闹时寂寞
快乐时忧愁
多少难言之言
都在风雨后
爱人　你是不是我的长久
许多年后还放在心头

为什么悲喜时想喝酒
空旷处想大吼
只因那一次邂逅
让生命富有
爱人　你是不是我的长久
波澜之后我亲爱的码头

为什么遥远成了思念
为什么相近却多了借口
百花簇拥着春天
一叶就能知秋
爱人　你是不是我的长久
让我泪流　让黄河之水天上流

备选《梅艳芳菲》配歌

女人最怕时间的手

女人最怕时间的手
拉着你停停又走走
清晨陪你插花缀满头
转身已是黄昏后

女人最怕时间的手
有谁长叹人比黄花瘦
满街繁华购不尽
桃李消息逐水流

女人最怕时间的手
攥不住是左还是右
不怕千山万水路难走
只怕小路转弯无人在等候

女人最怕时间的手
放胆春风梳杨柳
英雄背后总有美人痛
最刚硬处最温柔

爱不够也恨不够
秋心深处一点愁
不怕情郎会松手
只怕抓不住时间的手

备选《梅艳芳菲》配歌

叹遍春暖秋凉

（女）
叹遍春暖秋凉
一转身你还在远方
任凭我风餐露宿
梦醒时明月满床
爱是一种甜蜜的忧伤
两个人暗中品尝
春风吻得桃花红
寒雪压出腊梅香

（男）
古人唱大江东去
流逝了多少红颜彩妆
有谁能地久天长
何须叹春暖秋凉
思无量　思无量
古道西风看斜阳
一场戏知音有几人
两张票守到青春已散场

（合）
不知道台上台下谁在唱
只知道昨天明天不一样
钻石旅程　亲密爱人
想得到抓不到的是远方

备选《梅艳芳菲》配歌

往事如风

是谁站在山顶翻看昨日旧梦
是谁伫立江边感叹逝水无情
大地秘密天空能否读懂
晚秋故事阳春能否说清
千军万马千娇百媚
终是一派沉寂
万物皆空

往事如风
风在江山里动
往事如风
江山在风里动

《金陵秘事》片头歌

梧桐雨

梧桐雨　秋发生
心朦胧　烟花冷
秦淮河上两叶舟
红粉轻来黄金重
青衣衣薄老生老
泪洗粉墨恨是情

莫愁女　金陵梦
权如刀　色如冢
秦淮河上香风软
阴谋阳谋烟雨中
钟山不语长江事
石头城外听远钟

《金陵秘事》片尾歌

一笔画江山

一

一笔画江山
看春涂秋染
六和塔上玉门关外
宣纸一铺两千年

山是兄弟水是红颜
一杯醉江山
丹青不老胡须白
岁月紧促天地宽

高水入峡泼长江
风过敦煌揽飞天
碧海黄沙四季色
天下有谁能画完

狂也狂　癫也癫
墨如夜　情如天
一梅一荷一风流
千山万水张大千

二

写意一朵荷花
纸上秋风已凉
泼墨三尺云烟
牵来万里长江
一把白胡子
根根都是张狂

拜师千年石壁上
舞一个飞天敦煌
看青山如老佛　清溪如红颜
家国瓷器易碎走西洋
大槐树迎风不说话
一圈圈裹着个明月故乡

乐也享　苦也享
癫非癫　狂非狂
胸有成竹先生节
闻鸡起舞东方亮
大千世界藏于一羽毫毛
一片叶子举着一颗太阳

备选《大千世界》主题歌

链接·关于《一笔画江山》

沙叶新先生，善作剧者，人与文皆耿介，是我办刊时行文犀利又幽默的作者，做纪录片时助力刚劲又空灵的策划人，还几度为我办的展览"文武民国"站台。1997年之前我俩参加香港笔会同住一室，他聊到要写话剧《邓丽君》《江青》，十多年后果真在香港先后上演，并邀我观赏首演。知我开始写歌词，就将他撰写剧本的电视连续剧《大千世界》主题歌让我去做。惜乎电视剧遭遇了一些波折。先生已逝，再看经他当年首肯的歌词，里边何尝没有他的影子。遥想他当年凌晨即起，打字极快，用坏过几台笔记本电脑，亦堪称"胸有成竹先生节，闻鸡起舞东方亮"。

天荒地荒破天荒

一

说它穷哟　一把种子粮满仓
说它富哟　总是叫个北大荒
说它冷哟　热酒热妞热火炕
说它远哟　头顶的情书雁两行

土儿肥　插根筷子长出秧
天儿寒　打个喷嚏冻成棒
嗓门大　顺风一吼三十里
心思长　一想想成了黑龙江

五湖四海聚成一个场
脚下地平线　手里北极光
扛不起　放不下的北大荒
天荒　地荒　地老天荒　破天荒

二

你是一片处女地
约会我的犁
春播一粒种噢
长出来年的喜

风风火火的北大荒
哥哥妹妹的黑土地
天南地北赶着来
春夏秋冬搂着你

备选《北大荒》主题歌

家是一盏灯

因为暗夜
所以星星
因为旷野
所以长风
总有一片吹不灭的光明
星星点灯

不说天长地久
不说海阔天空
夜半留着一扇门
让爱自由行
仰天相望的人
发现苍生

备选《家是一盏灯》片头歌

谁

是谁说　谁碰见谁都不容易
是谁说　谁爱上谁都是传奇
你是谁　谁是你
熙熙攘攘尘世偏偏遇上你

闪电遇雷雨
小网遇大鱼
暗夜遇星星闪闪
老树遇鸟鸟依依

谁说什么任谁说
谁又把谁藏心底
你知我是谁
我知谁是你

欢喜如镜子
谁看谁美丽

备选《家是一盏灯》片尾歌

天演棋局

天大的棋盘　星子布棋
高手不语　默然天地
玄机一现似流星
变是不变的道理

经商的商为道
谈情的情如敌
一步棋连着步步棋
步步棋为了一步棋

天演棋局　当局者迷
掷地有声　回天无力
时运里藏着命运
格局决定了结局

白日喧闹夜沉寂
仰望长夜　看谁与苍天下棋

备选《子夜》片头歌

金字旁的钱　心字旁的情

水的沧海　土的桑田
折算了人多少时间
没有不变的悲和欢
一风吹过天蓝蓝
金字旁的钱
潮起潮落钱塘潮
心字旁的情
春去春来上海滩
太多兄弟分手处
财是刀　色是胆
欲望希望　英雄枭雄
千山外　一线间

最黑的夜是子夜
深夜梦醒五更寒
是谁披衣仰天叹
一道流星划破天

备选《子夜》片尾歌

儿女情长长不长

儿女情长长不长
不看太阳不看月亮
儿女情长长不长
不看手相不看属相

儿女情长长不长
长不长的儿女情长
世间最长的是目光
人生最远的是念想

转个身　你很遥远
转个身　你在身旁

备选《子夜》配歌

谁的胡琴淌过江河水

生生不息的土壤
擦肩而过的忧伤
一把胡琴上淌过江河水
淌出伊人泪两行
人人都说江南好
江南深处有荒凉

谁的背影牵动谁的目光
谁的相思落入谁的梦乡
谁的风刮落了谁的雨
谁的伞遮住了谁的雨巷
最深的夜孕育一颗太阳
地平线接生每一代的光芒

置身远方不知远方
带着时光寻找时光

女儿柳

柳叶的眉
杨柳的腰
弱柳扶风
柳絮飘
不知细叶谁裁出
二月春风似剪刀

女儿媚
女儿娇
女儿的心事谁知道
夜来一阵风雨声
明朝花落知多少

人有思

蚕吐丝
人有思
春回大地天有知
一轮明月伴长夜
百年桑梓发新枝

蚕破茧
人爱时
比翼双飞待何日
留得伊人心念念
只恐故人意迟迟

喜如酒
悲如诗
悲欢离合俩心知
过眼烟云富贵榜
人间流传杨柳词

链接·关于《谁的胡琴淌过江河水》《女儿柳》《人有思》

　　拟作剧《江南》配歌三首。因子夜歌想到苏杭风物风情,顺势而作,一夜而入江南。

蓝天红日白鹿原

帝王逐鹿中原
百姓守土为安
顺应时运秉性天然
任凭满世界兵荒马乱

恶的人荣华道儿短
好的人阡陌天地宽
没有白吃的蒸馍
没有报不了的仇冤

都说是　一等人忠臣孝子
两件事读书耕田
男儿慷慨女儿贤惠
骊山高高　浐河绵绵

喝一口太白　吼一声秦腔
杨家将大战金沙滩
世事无常终究得平常
是谁笑　笑得泪水涟涟

大地的主人原是仆人
高飞的鸟儿落回田间
霹雳一声震天响噢
干旱还要旱个多少年

待到风云散　风云散
蓝天红日白鹿原　白鹿原

小麦花开

白鹿原上
有谁走来

沟壑纵横
是大地的脸
汗水泪水
年年灌溉

没有诚实的种子
春秋无果
没有苦痛的遭遇
难察深爱

小麦小麦
可以面条锅盔馍
可咋就能
有饿死千万人的年代

灶王爷有知
看护一碗小麦
关中道无憾
放浪小麦花开

链接·关于《蓝天红日白鹿原》《小麦花开》

1992年我南下深圳后，常回西安故乡看父母。同岁好友作家方英文兄接风，问还想见谁。我说贾平凹、陈忠实。答：沃俩人凑不到一搭。可有一年同一晚都见了。先是陈忠实兄来把盏，要喝黑瓷瓶的太白，尽兴后先撤。后半夜贾平凹兄也来了，一屋的方言聊天后，他在方英文的书斋采南台随手为我书写一首嵌名诗，至今挂在我深圳的书房。

后来陈忠实兄来深圳参加《凤凰周刊》的活动，晚宴碰杯时他讲起才参加的法国龚古尔文学奖："按人家的规矩，额上台用咱陕西话读咧一段《白鹿原》。钢琴伴奏的是一个穿咧一身黑长裙的女士，优雅得很。"举座皆叹。2006年我调到北京筹备凤凰出版社，他来电邀我观看北京人艺话剧《白鹿原》首演，我们坐前排，台上十分逼真的华阴老腔和真羊放牧，几度全场鼓掌哄笑。看完我问他打多少分，他说：不错，八十分以上吧。我又说：老哥，拍电视剧可得让我写主题歌啊。他答：记着哩。几年后得知要拍电影《白鹿原》，我把歌词发给他，他回信：词好，可就是版权已卖给人家咧，只能推荐。几天后他回话：导演说这次不用歌，用老腔代替咧。又过了两年我回西安拍摄纪录片《秦腔》，邀他出镜讲两句。电话那头他悠悠地道：现在莫力气咧，让你老哥多活两天吧。我心头一惊，知道主角快谢幕了。

可白鹿原会一直活下去。每当我再看到那敦实的太白黑瓷瓶，就想到蓝天红日白鹿原。

陕西地理分三段：陕南、关中、陕北。我熟悉的三位老大哥贾平凹、陈忠实、高建群各以其性情，举旗这三域气质迥异的文学，却同守着自古秦人的真、倔、拙。

又有谁能扛得住太阳下山

一柄剑出手间江湖已远
一回眸转身处青山遮红颜
一壶酒温热了异乡孤旅
又有谁能扛得住太阳下山

深深长夜总有人难眠
更哪堪梦醒五更寒
顶着风顶着云　顶着那一片云天
守着明守着天　守不住一个明天

权势是钱也是回头箭
情色是月也是水中寒
金陵风月金陵土
四季更衣快　天下守信难

浩浩江水日夜起波澜
流到今转了多少弯
人看衣马看鞍　庄稼看小暑大寒
来也难去也难　行路难壮士扼腕

世事千百万　知己一二三
大智若愚　大巧若拙　大苦若甜
一叶知秋重　深爱不能言
几人赴沧海　几人归田园

一柄剑出手间江湖已远
一回眸转身处青山遮红颜
一壶酒温热了异乡孤旅
又有谁能扛得住太阳下山

《锦衣卫》片头歌

谁能挡 一个情

生可与死 死可与生
谁能挡 一个情
只道是春风娇无力
未能料吹得石破天惊

何处江河没有鱼水欢
何处鱼水掀得大浪涌
爱几重恨几重关山又几重
人生长恨水流东

缠绵 比浮云软比江山硬
比昨天长比明天重
让多少红颜更红颜
让多少英雄更英雄

但见那万顷碧海百年一叶舟
看得见的是情 看不见的也是情

《锦衣卫》配歌

链接·关于《又有谁能扛得住太阳下山》《谁能挡　一个情》

2006年,和一帮深圳朋友去欧洲滨海城市考察。临行前应允为陕西卫视拍摄的电视剧《锦衣卫》撰写歌词,却一直未落笔。中巴行进在法国的高速路上,两边风光开阔,突然几句词涌上心头:

一柄剑出手间江湖已远
一回眸转身处青山遮红颜
一壶酒温热了异乡孤旅
又有谁能扛得住太阳下山

当即给车里的朋友吟出,大家称许。随后两首词在几天的行旅中充实完成,发回陕西,由音乐家赵季平先生谱曲,谭晶演唱。那真是一种奇异的感觉,当代法兰西和明代南京有什么相干?他乡聚故知,心思独敏感。

这段词是我古歌词里的心仪之句,不同维度排列的三个"一",一步步托出点睛之笔:"又有谁能扛得住太阳下山"。

悬崖不勒马的是王

慨然一声叹
四海本无疆
洗尘有江湖
振衣上山冈
端起关中一碗面
搅拌天下作粮仓

男儿千秋业
红颜四季妆
铁骑狼烟起
伊人西北望
秦时明月照秦人
秦人何处明月光

秋风吹渭水
咸阳落叶黄
晨钟阿房宫
骊山坠斜阳
悬崖勒马的是将
悬崖不勒马的是王

纵也纵　横也横
兴也兴　亡也亡
一声长叹两千年
秦人至今唱秦腔

《大秦帝国》片头歌

是谁垂钓渭水上

战国无边界　乱世生豪杰
铁骑疾走西风烈
长亭一别关山别
枕边鸣剑　远山含血
春秋棋局　胜败谁能解

三秦风　江南雪
三千妩媚一凛冽
权势生来伴权谋
忠义自古成忠烈

是谁垂钓渭水上
钓不尽一河的雄浑和悲切
看看看——
千秋故事　百般热闹
空悬了一轮冷月

《大秦帝国》片尾歌

风华绝代总是乱世生

知己又红颜
大河绕青山
莫道日月长
只恨相逢短
一只孤雁云天路
万千寂寥写长天

春风度关山
明月照无眠
两地相思苦
一世回望甜
是谁一曲灞陵柳
如梦如幻花絮飞满天
风华绝代总是乱世生
江山不负美
美人如江山

《大秦帝国》配歌

泾水清　渭水黄

泾水清　渭水黄
是谁泛舟五湖上
挽起女儿一抹霞
挽不住西山坠斜阳

天苍苍　地茫茫
是谁暗夜唱秦腔
花旦跟着老生走
一半妩媚一半悲凉

狼烟边关起
男儿上马披战衣
今生无缘今生离
来年老槐树下还等你

《大秦帝国》配歌

链接·关于《悬崖不勒马的是王》《是谁垂钓渭水上》《风华绝代总是乱世生》《泾水清　渭水黄》

　　2007年初，陕西电视剧《大秦帝国》制片人焦阳来北京凤凰会馆，找我给秦皇世族电视剧作主题歌，并称有人举荐说，要找一个走出三秦的秦人来写。但我一口谢绝，因为我认为秦始皇就是历史的屠夫。他很耐心地与我沟通，表明认同，也说出观点，最后拿出印得精美的大秦人物造型画册送我，我倒未料到尚未开拍，已这般用力。借着酒劲我们达成共识：由我放手写，只要赵季平老师认可作曲，就采用。那时正值我事业转型，昂奋又迷茫，夜半心返两千年前的古都，率性无羁："三秦风　江南雪 / 三千妩媚一凛冽 / 权势生来伴权谋 / 忠义自古成忠烈"。我心知能立住了，也未管结果。几年后接到朋友电话，称刚看电视听到主题歌就想到可能是我写的。这让我一喜也一虑：或成风格，也怕成了不变的风格。

　　但我对历史上暴君的态度是不变的，其似凶悍，其实可悲："悬崖勒马的是将 / 悬崖不勒马的是王"。

盛世大唐风

（男声）
走过秋风骏马塞北
走过春雨杏花江南
走过卧薪尝胆　走过逐鹿中原
每一片土壤连成江山

（女声）
远去了金戈铁马　奔来了驼铃丝弦
鸟宿曲江树　人约天山莲
生命流畅成一种自然
每条大道通了长安

（合声）
胸襟无疆天下则无疆
铸剑为犁刀锋可犁田
大唐大在四海皆兄弟
盛世盛在百姓得安闲

（女声）琵琶反弹　霓裳羽衣舞
（男声）历史绝句　相期邈云汉

备选《贞观长歌》主题歌

江山风雨中

江山一抹风雨中
几只归燕　一管笛声
写意千秋谁泼墨
东一纵西一横
看得见　留白天地宽
听得出　风大鸟愈鸣

身不由己的枫树叶
心思厚重的老梧桐
城门紧锁的是年轮
胸襟放开的是飘零
一豆灯火旷野上
明中有暗　暗中有明

男儿仗剑行日月
仗的是义　困的是情
春水秋波寒江雪
润物大地细无声

备选《贞观长歌》配歌

四海本无疆

秦时明月汉时关
骏马北风行大唐

青龙伴朱雀
杀场邻情场
史也为镜人也为镜
半映苍凉半映辉煌

但见五陵上
云儿一片忙
水可载舟水可覆舟
民是江山民是海洋

是谁一曲梅花弄
暗香至今袭大唐

备选《贞观长歌》配歌

天生一个小罗锅

（童谣）
小河流水大波澜
自古英雄出少年
胆大不怕世事乱
人小更见天地宽
天生一个小罗锅
背着个山来顶着个天

（正歌）
都说那个乾坤大
我说这个世界小
都说那个坏人坏
我说这个好人好
甲乙丙丁　天理昭昭
东西南北　路途遥遥
春夏秋冬　善有善报
直把那黑的丑的怪的乱的一勺都烩掉
直来直去　有爱有恨　敢作敢当的小罗锅
看似个弯腰就是不弯腰

《人小鬼大刘罗锅》片尾歌

不得了

假的真不了
真的假不了
丑的美不了
美的丑不了
坏的了不得
好的不得了

不管三七二十一　都要上
哪怕九九八十一　难不倒
大巧若拙　大拙若巧
笑中有泪　泪中含笑
多大的风吹不垮一个天
多厚的云挡不住一只鸟

《人小鬼大刘罗锅》片头歌

日月明　人言信

（童声朗诵：人之初　性本善　性相近　习相远）

日月为明
人言有信
学而不厌
温故知新
如切如磋
如琢如磨
敏而好学
不耻下问

金木水火土
土里能生金
仁义礼智信
信里守着仁

《孔子》（动画片）主题歌

老师的老师是孔子

子曰　有朋自远方来　不亦乐乎
学而时习之　不亦乐乎
登泰山而小天下　不亦乐乎

多读书　写好字
故事里面有故事
老师的老师是孔子
知之乎　不知也
还不快快学习之
智慧长如水　仁义能上山
泰山顶上好写诗
春秋跟着春秋走
种子长出了新种子

《孔子》（动画片）配歌

莲的心事

—

起初是夏日盛开的荷花
别样红了湖面
后来成了几片秋叶
存得雨声绵绵

等待二首

等你的滋味

以朝霞粉红色的心情
在午后夹竹桃旁
等你

以暮霭淡淡的惆怅
在山外老槐树下
等你

以星光深刻的忧伤
在远方小驿站上
等你

以比萨斜塔最后的执着
在岁月失手的悬念里
等你

等待

那个披风衣的女孩子
站在夕阳里
等人

脸上洋溢着
比青春更妩媚的东西
让人想起生活很美

有一种等待
是雕塑似的
一生只有一次

链接·关于《等待（二首）》

择于我的处女作诗集《远方不远》。二十世纪九十年代初陕西广播电台女主持朗诵时，我就想，也许有一天谱上曲，能去远方唱。

江湖

水很多　不一定江湖
能行船　不一定江湖
江湖里鱼龙也争斗
江湖里月落日又出
茫茫茫茫似无路
来来往往多沉浮

芦苇深处有人歌
行舟者未必是渔夫
侧耳细听满江红
放眼归途风陵渡
英雄藏剑美人玉
江山一张寻宝图

世人都说江湖险
谁知人世绝美在险处

朋友如水流

朋友童年是小溪
清澈能见底
赤身去摸鱼

朋友青年是江河
浪花开不败
青春奔流急

朋友中年是大海
关山千重后
欲望深几许

朋友暮年是湖水
水中一片月
片片片片是记忆

朋友如水流
天南海北春夏秋冬喜怒悲欢
总会一起流　总要流一起

沉淀下的是朋友

世事如水流
沉淀下的是朋友
今生能面对
前世多少次回眸

一心知一心
双目对双目
能同坐的是相识
能同哭的是朋友

世事如水流
沉淀下的是朋友
一滴水里藏着海
怀念藏在海尽头

春问

春在柳树上爆了一个芽
扑棱棱一群大雁要回家
爱在心口扭成一个结
解结的人她低头不说话
风已软　天变蓝
捂了一冬的心思要开花
有梦就是好时光
芳草萋萋漫天涯

我的爱人请你说句话
春在柳树上爆了一个芽

快乐兔

快乐是只兔
很难捉住
我们只好守株待兔

我们要去森林
还要防着老虎
老虎从来不吃素

快乐兔宝宝
有长耳有三窟
拣草多的地方住

后来爷爷说
时间是只兔
嗖的一声奔远处

我们追啊追
寻找快乐很辛苦
后来我们也就变成兔

莲的心事

起初是夏日盛开的荷花
别样红了湖面

后来成了几片秋叶
存得雨声绵绵

再后来一根枯茎
摇曳于水与天

一个村姑泥里摸索起
像她小臂一样洁白的莲

不知谁家案上一声裂
千丝万缕的心事有谁怜

链接·关于《江湖》《莲的心事》等

有时并不是为影视剧写歌词,有时只是笔画一时的情景,又有点像词,汇集起心迹,也是词迹。

无需仗剑走天涯

给我三碗酒
无需仗剑走天涯
暗夜两行泪
明朝山冈抱早霞
人间悲喜放肆评
凤凰麒麟不神话

你看那黄山的松
风吹雨打更潇洒
你看那云游的人
天高地厚处处家
衣襟要裹就裹一个真
俗世要丢就丢一个怕

人生点评一句话
心田朗阔自种自由花

链接·关于《无需仗剑走天涯》

《凤凰周刊》创刊不久,香港杨锦麟先生受邀成为刊物评论员。一天他来深圳,把盏忆及相似的插队经历,相拥唏嘘。又过些年,我转做远征军纪录片和"国家记忆"展览,请他上台做主持嘉宾,几句开场,已是群情昂奋。2018年10月相聚,他说有人想为他的片子作首歌曲,请我作词。伏案构思时我想起诸多往事,但觉在翻腾转折的时代,在港澳台大陆之间做媒体人,幸矣,我们是参与者,也是记录者;是听众,也是歌者。

最念故土风雨多

茶叶飘进酒里
往事唱着歌
心头站了妹妹
太阳慢慢落

没有什么沟坎不能过
走过你和我

一木双林再森林
百溪三川入湖泊
"更能消几番风雨　最可惜一片江山"
最念故土千言万语默默不说化作风雨多

链接·关于《最念故土风雨多》

2011年11月7日,好友姜威在深圳北大医院去世,这只色香味居的"兔子"活了四十八年。在他走前十天,同去看望的大侠和呆子,为了安慰已不能言语的姜威,各自朗诵古诗,又让我念《林海雪原》的歌词,那也是姜威调侃过我的,"白的是雪 白的是云 白的是姑娘……"我索性高声背诵起来,最后两句时,我心头一颤,但已刹不住了,"兄弟呦 若是此生不相见/替俺回一趟白山黑水的小山庄"。

在殡仪馆六百多人的黑白送别会上,悬挂着我拟的一副挽联:"如酒性灵如书品行如月友情如不走该多好/是风啸聚是雨润气是云飘逸是兄弟却远离"。他曾多次斧正过我写的对联和歌词,也曾夜半或一大早把电话打入我的睡梦里,推敲即将出街的晚报标题。这副挽联他想切磋修订也是鞭长莫及了。一年后他下葬,墓碑上刻有他生前自选的一副梁启超的集联:"更能消几番风雨/最可惜一片江山。"

姜威擅长打油诗,也能古调今叹。在此转录一首,让诗词聚会。

"来也匆匆,去也匆匆,总是匆匆。早起追云,午过撑雨,浮心总如风。春日繁花,秋日硕果,眼中总是朦胧。终朝呕心竭虑,怎能愉悦轻松。人海滚滚,世情茫茫,难消闹热重重。何如松竹,疏淡悠然,风雨自从容。浮光掠影,追波逐浪,过后一片虚空。由来是,积小成大,历久为功。"

万里长河收一卷

（童诵：时光加书香　熏陶好民族
登高山川小　留白天地宽）

西北望　祁连山
春风度　黄河边
长空雁过天有字
苍茫大地写诗篇
千万读者读《读者》
一生相知一生缘

汉字美　代代传
好文章　春秋选
空谷足音回声远
披沙沥金苦中甜
云卷云舒年复年
万里长河收一卷

（童诵：时光加书香　熏陶好民族
登高山川小　留白天地宽）

链接·关于《万里长河收一卷》

2011年第10期《读者》启事:"为纪念《读者》杂志创刊30周年,读者杂志社开展了'《读者》之歌'的征集活动,我们收到了很多读者投寄来的作品。本期刊出邓康延撰写的歌词《万里长河收一卷》,现征集作曲。有兴趣的读者也可进行词、曲配套创作。"

我邀请喜爱的歌唱家小娟谱曲、演唱,过了些天我欣喜地收到她的演唱音频,尽管还只是小样,从她的乐队"小娟&山谷里的居民",我已听到天籁般的回音。

棋(四首)

中国象棋

(童诵:当头炮　马来跳
兵分十六路　两军开战了)

金戈铁马将帅旗
隔山打炮横出车
兵卒在前无退路
守城士象挺身躯

萧何月下追韩信
项羽江边别虞姬
鸿门宴上酒未酣
陈仓暗度已定局

破釜沉舟男儿血
四面楚歌儿女意
霸王一声仰天叹
江东父老泪如雨

楚河汉界楚河汉界两千年
一枰江山一枰江山一盘未了的棋

(童诵:当头炮　马来跳
兵分十六路　两军开战了)

围　棋

（童诵：阴阳黑白四季风
三百六十一个空
是佛不怕泰山崩
是猪就得拱一拱
一片星星一片明
一个萝卜一个坑）

白的天　黑的夜
大地阡陌纵横
是谁举重若轻
一颗流星掷地有声

厮杀不用刀和枪
上阵不分官与兵
虎口打劫夺关子
小虫悄悄走大龙
满堂富贵一朝失
悬崖格斗绝处生

你中有我我中你
动中有静静中动
损连损来荣共荣
东西连南北　春夏接秋冬

一子当随乾坤变

自古大象本无形

简单布局取繁华

鏖战之后得平衡

东方手谈天不语

万千世事一盘中

（童诵：阴阳黑白四季风

三百六十一个空

是佛不怕泰山崩

是猪就得拱一拱

一片星星一片明

一个萝卜一个坑）

兵卒街口

男人总要博弈

南方路灯下一圈鏖战伏地

一枰摸得着的江山

血脉砰砰砰地杀敌

恍如多年前西安南关正街的厮杀

同一盘的将士相　马炮车

俯身一瞥红将已被兵临城下

有个人离开时嘟囔了一句：臭棋

书房围城

不在街头众口群殴
只是书房两人手谈
太极不过两极
兵马不分民官
昼夜一盘
阴阳两面

分明不过黑白
太虚也是太满
一子可以乾坤
一枰不过百年

链接·关于《棋(四首)》

剧本高手杨争光兄擅长清唱秦腔,一日酒酣歌罢,说起欲作《楚汉相争》电视剧及主题曲。我桌子一拍道:有了,把象棋写好,歌就成了。几天后交稿。可惜他的项羽刘邦还未开打。

写成前两篇一象棋、一围棋的描摹,又想到这两种战具迥异的场地和打法,各具人生情趣,遂有后两首奕者的对应。

野牦牛

一

这里的山　长得高
这里的水　流得远
这里的云　白色了哈达
这里的牦牛　黑色了火焰
天底下最高处的母亲
浑朴的青藏高原

这里的风　唱藏歌
这里的姑娘　叫雪莲
这里的石头　垒传奇
这里的雄鹰　驮蓝天
远方的兄弟喝一碗青稞酒
醉得红云满雪山

奔就奔牦牛　开就开雪莲
跳就跳锅庄　转就转大山
一颗感恩的心
一天一百年

二

上苍赐我一个朋友
亲爱的野牦牛
我快乐的时候你奔走
我悲伤的时候你忧愁

你是白雪上的黑旗
你是刚烈中的温柔
你是爷爷的爷爷留下的谜语
你是时间外的时间猎手

上苍赐我一个朋友
亲爱的野牦牛
高原因为你突然生动
生命因为你自然长久

天上最高最北的北极星
地上最猛最野的野牦牛

链接·关于《野牦牛》

深圳音乐人和摄影师文莉,给拉萨盲校的孩子们教歌,把摄影大赛头奖的五万元捐给被拍的藏族孩子读书。我在北京凤凰卫视时,她来"麻辣诱惑"一起吃酒、拍照。她说在藏区参与筹划野牦牛节,让我写首词,她谱曲,我一口答应。

不知这首歌野牦牛听到没有。兴已尽,一阵风,自然流。

玉蝴蝶

玉蝴蝶　一双翅膀
扇动了太平洋
没有家乡没有悲伤
玉蝴蝶有花有太阳
每一个微小的善
都有回响　回响　回响

千万双翅膀
是蝴蝶的太平洋
一点三点千万点亿万点
闪耀神性的光芒

玉蝴蝶每一次振翅
都扑闪着一个远方
那是花的期许
美的土壤
那是玉蝴蝶的故乡
名叫善良

链接·关于《玉蝴蝶》

  2016年为公益组织所作。一破茧的蝴蝶就能飞天，若是一只，独自蹁跹；若是一对，就是梁祝。还让我想到一位西方哲人的感悟：蝴蝶只有七天生命，看来也已够用。

咏物一组

琥珀

大树的一滴泪
席卷了一只快乐奔跑的小虫
千万分之一的偶然
一滴万籁俱寂

那个突然泪盈的孩子
是世界的心

珍珠

一粒沙子
偶落贝壳
缠绵般蹂躏

戴着珍珠项链的女孩
正经历被磨砺的
爱情

剁椒鱼头

一个山里的孩子
拾级而下去找海

后来他遇到大鱼
也吃上了剁椒鱼头

又过了许多年
故乡已成荒山

蟹黄豆腐

动物拥抱着植物
蟹黄遇上了豆腐

膏腴之地
清白依偎

杜绝横行
告别孤独

童谣三首

我们的身体

身体的每一部分
都是亲兄弟
大家各司其职
相处默契
每当有事发生
齐心协力
皮肉病痛辐射全体
兴高采烈个个惬意

天造地设的国度身体
每寸土壤都美丽
知己相邻更知己
生来依附依附你
眼耳鼻口胳膊腿
首先学会爱自己

玩具游戏

三岁能看老
大河靠小溪
玩具和游戏
童年藏秘密

一盆水里养着海
天空飘着纸飞机
猜谜语是小暗号
捉迷藏有大玄机
闪闪眨眼星星望
匆匆赶路蚂蚁聚

最大的建筑是玩具
最好的老师是童趣

写作要素

时间连着地点
地点冒出人物
人物衍生故事
故事贯穿悲喜
悲喜缘自命运
命运潜于因果
因果充满人间
人间也是时间

人人都在写作
写作也是生活

风行

一

也许风正猛　你还走

也许你还走　风已停

　　谁又不飘零风中

　　谁又不是一缕风

十八岁

十八岁上山下乡
关中田野种植苍茫
农忙一年饿了半年
从此明白针尖不抵麦芒

四十年后去写十八岁成人礼
一座山丘担着太阳月亮
乘黄昏再赶一程
每个字连缀眼下和远方

十八岁　可以万里徜徉
十八岁　一晃的时光
我为一去不返的青春
用一夜　逆生长

那个镰刀割破手指的晌午
土地为我种下滴血的口粮

链接·关于《十八岁》

2016年受深圳市政府和《深圳晚报》之邀,写成一篇《成人礼誓词》。后来采用了官方文本,晚报仍将我的文案作为备选登出。

半个世纪前,"文革"浩荡了华夏每个角落。十八岁,要不"红卫兵",要不"狗崽子"。走过当年十八岁的人,倘若不能保护真实历史和纯洁未来,白活了一样。

十八岁,当担当。

成人礼誓词

我今天十八岁,从此身负中国公民的权利和责任。生于东方古国,天赋华夏命运。黄肤黑发,汉字华韵,春秋存义,河山有魂。族群浩大,生涯艰辛,筚路蓝缕,接力至今。

十八岁,人世间最美的时辰,世间之美可以因我延伸。敬重传统,崇尚创新,独立思想,自由精神,为人诚恳,做事认真。珍爱万物,律己敬人。衣食简朴,学习勤奋。阳光心态,快乐青春。

今天,我向父母和祖国鞠躬,向十八岁无限可能的理想致敬。

风行

也许风正猛　你还走
也许你还走　风已停
不论是东风压倒西风
还是西风压倒东风
那个政治风的年代送了终
开始了南下风　北漂风
恢复了爱情春风　青春晨风

亘古大地的柳树婀娜　湖泊涟漪
生活也沉重　拂面也轻盈
无所依偎的游子
裹挟在风中
总有人一段段同行
心心相印　形吊影孤
走过微风大风狂风台风
最后平静在两颗深潭一样的黑眼睛
波涛汹涌成两行泪水晶莹

谁又不飘零风中
谁又不是一缕风

寻找同悲哀的人

在温存的爱之树上
独钟那一枚透着忧郁的叶子
是天空和土地久远的启示
去寻找能和你同悲哀的人

能一起观海的人很多
能同渡的人很少
能同至彼岸的人与海水成反比
而人生如海

穿过岁月的大街小巷
穿过生活的灯红酒绿
独步梦之边陲
在灯火阑珊处苦苦找你

链接·关于《寻找同悲哀的人》

这首词写于 1989 年岁末西安,我是煤科分院地质工程师。翌年 10 月出版处女诗集《远方不远》。如今我已在那时的远方,发现远方还远。

无端心绪

一轮镜　悬长空
月明星稀乌鹊行
万千古人曾经叹
后人万千叹曾经
谁伴长夜一红烛
相互垂泪到天明

花非花　梦非梦
千山万水怜芳踪
春风秋风阵阵风
一瓣一瓣瓣飘零
落红不是无情物
有情落红更伤情

月也明　乌也静
伊人立尽梧桐影
诗到崖端是绝句
朝阳玉露偏相逢
舍南舍北皆春水
日出日落或关情

故国茶事

乾坤一片叶
飘零五湖中
沉浮渐散淡
谁与此心同

神农盏　陆羽经
巴蜀园　吴越宫
貂蝉素手煮三国
东坡小杯起大风
犹忆丝绸行古道
中西从此可交通
几杯前朝心事冷
一壶朋辈浊世清

乾坤一片叶
飘零五湖中
沉浮渐散淡
谁与此心同

链接·关于《故国茶事》

深圳紫苑茶馆陈悦成先生常做文化雅集。2005年一次聚会,有白先勇、白桦、余秋雨先生等,何作如先生拿出两样珍宝请品尝,一是一饼百年普洱,令人满口噙香,也引发白桦先生感慨:50年代他在云南拍摄《山间铃响马帮来》,返沪带回受赠的一背篓老普洱,几天后被妻子认为发霉了扔掉。众皆唏嘘。二是一把唐朝古琴"九霄环佩",琴身刻有苏轼印章,是何先生以三百多万元拍卖竞得,古琴大师李祥霆先生操琴,余音缭绕,举座沉浸。好茶妙曲之际,大家议起紫苑茶馆还缺一副好联,几盏后,我抛出一上联:"赤橙黄绿青蓝 待君出色",停顿一会儿,我又想到下联:"柴米油盐酱醋 唤尔添香"。将那"紫"与"茶"隐了去。众皆叫好。随后悦成兄即请书法家书写挂出。

那场雅集,我与李祥霆先生约定一首茶词,请他弹唱。果然,两年后他在深圳抚琴,率性配唱了《故国茶事》。更延伸的是,琴主何作如先生倾力,李祥霆先生两度莅临我们的展览:2014年6月16日深圳欢乐海岸"惊涛伟岸——黄埔军校建校90周年致敬展"开幕式;2015年6月7日北大红楼"先生回来"闭幕式。文武民国在苏东坡的古琴声里现身。

茶酒山水,文章天下,战火家国,一直浸润于东方日月。

三江河

黄河

挽着高原风和中原土
灌入东方曲折的文明
一个五千岁的孩子
守岸图腾

沟壑纵横的面孔
旱涝不定的光景
泛滥的喜悦忧伤
涨满一代代的皮肤和心胸

长江

一条诗性的江
逶迤奔放

李白苏轼曹雪芹
临江仙
西施貂蝉王昭君
浣溪沙

江畔磨砺百多城池
缀一串珍珠项链
最大一颗磨成上海
璀璨中透着血丝

珠江

入海汇流成埠
广东很有
新移民张帆而入
生猛了码头

按定势流
按风水流
流过越秀五羊
流出市场自由

一江水
驮负代代龙舟
煲一锅煲仔饭
香溢广州

五城词

北京

行政聚在一起
发号施令
最大的广场
十万人被检阅游行
鸽哨划船摇滚滑冰
单车汽车单双号蓝天灰霾行

国宴接见标语号外
长安街总能负重
下了雪就成了北平
灌了风就成了内蒙
打雷一时寰球震动
好在还有平民的爱情

上海

江与海东方约抱
船生了埠
大亨帮派们
浪奔浪涌
伶人云来雨来
政客东风西风
市民们老K可白相
洋泾浜

东方血脉澎湃
时尚楚楚轻盈
黄昏外滩旗袍
好看了剪影
通达里外的流水心思
湿润着阿拉的梦

天津

北边儿燕山做抱枕
东边儿渤海为胸襟
内河有容叫海河
城门无框是津门
春秋悠长又绵厚
山河耿介又温润
一方水土一方情
豁达的故乡是天津

五大道装了个北洋
八角鼓敲得响乡音
漕运码头江湖远
杨柳青中色彩新
戏台百年走英雄
南开一卷聚风云
直来直去直辖市
天风天雨天津人

台北

一道海峡深几许
简繁汉字各相宜
一座故宫掰两半
你中有我我中你
路漫漫其修远兮
蝴蝶梦中家万里
风萧萧兮易水寒
春潮带雨晚来急

但留街名故园念
一岛孤悬红蓝绿

香港

东西之间
资社之间
海天之间
半岛一珠独艳

狮子山下可歌
维多利亚可叹

一半海一半山
一半夕阳
一时蓝一时青
一时无言

链接·关于《三江河》《五城词》

都很大,都很熟悉,都不好写。

所以想往小处写,往自己感受里写。

每个人都是一条河,每个人都是一座城,每个人都是一个人。

抗战六地标

南京

半个月三十万死了
南京空巷无人
东京空巷捷庆

八年后金陵褴褛回国
几十万日军也回他们的岛国
以德报怨覆盖了以怨报德

外患不断　必有内奸
万千悲愤　岂能一笔带过
首府记得

佛家说　放下放下
我心说　不可把那些老畜牲
生生放过

台儿庄

退无可退之时
大国不过一庄

千万血海
润一叶民国海棠

不敢路过的车站
给我远方

岳麓山

把淞沪战场长沙战场几十万悲壮
埋在山上云上
让后人仰望

后来被不肖子孙砸了又建
湘江不断流
南岳还脊梁

腾冲国殇墓园

成连成团成编制的远征军墓碑
风雨夜变成汉子杀回战场

旁边一抔倭冢幽幽片假名
另一边十多位美军将士为 life　死亡

山是自然土石
叠着一层层血骨歌唱

潼关黄河

前是断崖　后是日寇

弹尽人伤的西北军
跪拜大河和对面的故乡

归鸟看见　落日看见
黄河一样飞坠的
秦腔

重庆

几万吨炸弹落下
社论"我们还在割稻子"的大公报
暗自忧伤刚强

故国两行泪
一行长江
一行嘉陵江

陪都高处的纪功碑
多少风雨都不锈
一杆子弹上膛的枪

重庆即使双悲
依然依然依然
山高水长

链接·关于《抗战六地标》

1938年底,日寇汹汹直逼湖南。蒋介石主持南岳最高军事会议,中共代表周恩来、叶剑英也受邀出席。会上提到阵亡国军官兵"曝尸战场",许多将领掩面而泣。蒋即安排薛岳建公墓。战事日紧,人财匮乏,南岳忠烈祠于数年后的1943年7月7日举行隆重落成大典,"各忠烈将士,即日入祠,岁时奉祀"。1944年南岳沦陷,忠烈祠先遭日军破坏,再于胜利之时修复;1953年"镇反"及后来的"文革",两度重创,忠骨扬灰,木棺当柴。1984年,胡耀邦瞻仰忠烈祠,痛心指示,得以修复。

另一处抗战将士密集牺牲地——腾冲国殇墓园,厄运相似。但因抗战胜利后修建,少了一道日寇捣毁。

很长一段时间里,我们无视国军墓园和抗战老兵。一个民族对其历史的尊鄙,影响未来国运。

二十年间,我和同伴力图修复所能身触的抗战史,也求后生溯源救赎,却有太多的不能与不甘。

2017年某晚深圳聚会,泣血泣泪资助老兵的孙冕兄说到台儿庄和星云法师的题字,让我心头一凛,当夜有此六地祭祀。

山河存殇,忠魂不亡。

母爱的原野

那一年我生病

妈妈下了工抱我跑县城

寒冬的汗水在她脸上结成冰

打完针我退了烧

我们慢慢赶回程

天上的月亮跟着我

我贴着妈妈看星星

突然我发现原野上那棵树

来时左手边回去成了右手边

妈妈一时说不清

转着圈比画那棵树

我似懂又不懂

许多年随风已飘远

路上的风景难数清

只是今夕明月夜

突然想起妈妈那句话

噢　在那母爱的原野上

转个身就能看见那棵树

链接·关于《母爱的原野》

1992年,我在《深圳青年》杂志发表短文《母爱的原野》,《读者》杂志转载,我受邀参加了《深圳青年》杂志社小梅沙笔会,再后来出任了编辑部主任和策划总监。"母爱的原野",也让我发现了自己生命里的树。

有一天,我想把故事做成一首叙事歌,颇费心思浓缩成一首词,发现未必精彩。散文和歌词实属两路,不是踏入了韵脚就可以贯通的。但尝试,也是歌词的命运。

(为加以比较,以鉴词与文的分野,特附当年散文《母爱的原野》。极具生命意象的是,文中的友人主角从一位商界精英已成娴熟于汉字意象的著名诗人。)

母爱的原野

(这则故事是一友人的亲身经历。其母已谢世多年,他现在终于事业有成。那天酒后,在他平白的叙述里,仿佛有一曲背景乐响起,但我说不上那是一支什么曲子。)

我生长在穷山沟,家贫加上小时候多病,生性敏感。记得在我四岁那年高烧不退,母亲背着我就往十几里外的公社卫生院跑。一路上她瘦骨如刀的背脊硌得我生疼,我就哭着让她抱。那段路有多长,我没有什么概念,只记得寒冬腊月她脸上淌着汗珠子,一颠一颠地紧走。我还记得在光秃秃的山道上看见一棵唯一没有被伐的枣树。

回来时,母亲心情松快多了,也不再急着赶路。我静静躺在她怀里,只觉她美,天空好美。可我突然发现了一件事有点奇怪，就问母亲为什么来时长在小路右边的树，现在跑到了左边。母亲笑起来。但她没读过什么书，一时言语说不清，索性抱着我把身子转来转去地比画。

许多年随风逸散，多少天大的事都淡忘了，偏偏这件小事石头般落在心里。

如今，当我在原野上漫步时，总是不由自主地去看小路上左边的树和右边的树，我在母亲怀里想竭力找到的那一棵枣树，那一棵一直长在我生命年轮里的树。在我寻得很苦的时候，就会想起朴素如泥土的母亲和她那朴素如庄稼的话语：转个身，你就会发现那棵枣树。

我知道

我知道你出手不俗
常常在俗世里孤独
纵然深陷于漫天热闹
依然匍匐于一抔黄土
旷世里一缕哀愁
谁说难得糊涂
老树和大海的悲悯
琥珀和贝壳的泪珠
因为眼睛看见和被看见
深澈一井　壮阔五湖

情是一生的悬念
你为爱孤独　也为不爱孤独
黛玉的落红　荆轲的匕首
李白的酒盅　杜甫的茅庐
天生的忧愁忧愁了天生
野性的狂放胜却那优雅的驯服

众里寻她千百度
蓦然回首那人却在灯火阑珊处
我知道那是你又不是你
在喧嚷中开始　在沉静时谢幕
那一场失之交臂的约会
迎风玉立为风骨

终有人在崖壁处知道

万丈苦恋交织着万丈幸福

2019 年 1 月 1 日 深圳

西安深圳端直走

一座四方城
东大街西大街南大街北大街建得个端
一座移民城
北方人南方人创业人寻梦人一城汇

来了就是深圳人

不论你从哪里来　都能听到乡音
异乡和故乡很难分
不论你从哪里来　这座城敞开门
来了就是深圳人

土壤有梦多收获　胸襟开放多风云
深南路像一条流水线　流过青春又青春
云找青山山找云　人找机缘缘找人
天地间苍茫千万里　你我相知一颗心

（RAP：有一座移民之城　住满着青春和梦
这里刮着北纬22度季候风
这里的握手比较有力　这里的微笑比较持久
这里的每天都年轻）

土壤有梦多收获　胸襟开放多风云
深南路像一条流水线　流过青春又青春
云找青山山找云　人找机缘缘找人
天地间苍茫千万里　你我相知一颗心

不论你从哪里来　都能听到乡音
异乡和故乡很难分
不论你从哪里来　这座城敞开门
来了就是深圳人

链接·关于《来了就是深圳人》

2010年,深圳市政府要为翌年举办的深圳大运会作一首迎宾歌,邀我执笔。议题会上我提到"打工文学"上的一句话,"来了就是深圳人",大家叫好。以此为纲成篇后,我力荐老搭档何沐阳作曲,他很快谱成曲,其妻徐千雅主唱,他加一段RAP辅念,一时传唱。多年后,深圳卫视排练"2019深圳春晚",在市民中心的炫丽大舞台上,数百青春男女加俩外国歌手边舞边歌《来了就是深圳人》,声势逼人。

这首词含有我的深圳记忆。1992年秋,我从西安到深圳,不久后受邀列席《深圳青年》选题会,讨论刊物口号。我说,美国西部大开发时有几句诗,译成中文是:"这里的握手比较有力,这里的微笑比较持久,这就是西部开始的地方。"我喜欢"比较",又内敛又张扬,像深圳,像深圳青年。王京生总编桌子一拍:"就是它了"。此后,我也一直感受到了这座城市予我的握手与微笑。

我入职《深圳青年》第二年,写过一组为这座城市张目的卷首语,其中一篇为《送人玫瑰 手有余香》。

深南路

给我一张深圳地图
寻找最年轻的脚步
移民行囊裹着各自的秘密
理想从来风尘仆仆
邓小平一句四川话
普通话白话都很受鼓舞

从南山到罗湖
打通一条从西到东的路
地王大厦远望皇后大道东
打开世界之窗就是欢乐谷

两车道变成八车道
深南路还是有点堵
没有谁是你的指南针
自己的命运就是自己的脚步
青春的故乡　　开放的道路
自由是我们灵魂的归宿

链接·关于《深南路》

深南大道这条主干道不同于西安钟楼原点放射出东西南北四条大街,也不同于北京十里长安街一竿子贯穿着政治景点及口号,深南路从东方到西方,拔地而起了商业的、科技的、移民的梦想与践行。

一边被海阻隔,一边被山限制,深南路杀出一条提携深圳的道路。

云在青天书在手

甲骨文字开天地
竹简百家写春秋
长空雁过天有字
是谁伫立读出秋

书是一辈子的朋友
天下故事写在心头
书里藏着忘年交
隔着年代握着手

太阳不老天不老
万卷长流水长流
人生风景何处寻
云在青天书在手

链接·关于《云在青天书在手》

2008年,深圳读书月征集歌曲,福田区主办方希望我写一稿。起笔写到"长空雁过天有字/是谁伫立读出秋",觉得已有诗眼。结尾灵光一闪,将禅句"云在青天水在瓶"话锋一转,既押韵也立得住。后来《云在青天书在手》获得征词第一名,由作曲家印青谱曲,黑鸭子和麦穗都做过演唱,在京郊八达岭长城上请歌手和一群孩子做了MV。(其实我觉得,镜头用几代人在书城席地而坐看书和每天图书馆开门前排成长龙,最为真切。)

每年深圳读书月这首歌都会响起。我只是遗憾"长空雁过天有字/是谁伫立读出秋"被改成"长空雁过天有字/万里河山眼底收"。我始终认为读书就是登高,所以杜甫会在大雁塔上吟出"自非旷士怀,登兹翻百忧"。

纵横四海

当土地成为远方的岸
世界很蓝
太阳一次次划着圆弧
茫茫大海行驶一艘双桅船
东方西方消失了界线
黎明黄昏都是起点
世上没有风平浪静的快乐
自由的滋味有点咸

因为纵横四海
故乡成为一张巨大的帆
生命是一次爱的探险
过程比结果更让人眷恋
有谁在港口唱一首歌
柔软了所有的桅杆
海是一个大道理
一点点滋润我们的心田

双桅船双桅船
我的故国我的姑娘我生命的海岸线

链接·关于《纵横四海》

2006年于深圳物质生活书吧,听老丁、晓昱等人筹划中国杯帆船赛,把盏相庆,当晚遂有此词。如今,已成为国际赛事的中国杯帆船赛已历时11年。我在草拟的主打语初稿中有一句话:"海上没有重复的路"。

一片海三艘船

深圳海面一艘木船
浪里捕捞　世代饱暖
鸟爱故林　鱼念故渊
家国沉浮　人逃苦难

蛇口驶来一条邮船
海上世界　世界惊叹
时间金钱　大潮奔涌
潮汛有期　人有肝胆

深圳本是一条大船
四方移民　同乘彼岸
长风万里　但求一闯
守着蓝海　撑着蓝天

一片海　三艘船
千万人　同波澜

西安深圳端直走

要问西安钟楼咋个走
端直走——

一座四方城
东大街西大街南大街北大街建得个端
纵横捭阖经纬分明条条道路通长安

端着酒杯碰乡党
端着老碗咥燃面
端着架势吼黑撒
端着城墙谝千年

纵横天下沃叫个逛
聊尽世界沃叫个谝
吃遍关中沃叫个咥
美得太太沃叫个谄
感觉很好沃叫个嫽
看着活泼沃叫个欢

要问深南大道咋个走
端向南——

一座移民城
北方人南方人创业人寻梦人一城汇
今个陕促会把深圳秦人聚一单

陕西人　到深圳
西北东南一线牵
不偷懒　不木乱
几十万人干得欢
走得正　立得端
改革开放咱当先
陕促会　来召集
"一往秦深"迎新年

西安深圳端直走
走着走着就遇见
过往顶端历史在汉唐
来年云端大业看南边
嫽　嫽得狠的嫽
端　端得正的端

链接·关于《西安深圳端直走》

这是深圳陕促会郭兆斌会长交与的命题作文,后在"一往秦深"年会上诵读。也是这帮人,于2015年8月26日发起了为庆祝深圳经济特区35周岁的民间庆生会。我上台发言称,西安哪个朝代建市都难于考证,深圳建市的日子却有出生纸,更重要的是这座城得之于四面八方的移民,移民也受惠于第二故乡。西安乡党许巍唱过:没有什么能够阻挡,你对自由的向往。

深圳是东西南北深圳人的"蓝莲花"。

关中

出皇帝也出百姓　关中
出小麦也出红杏　关中
出秦腔也出皮影　关中
出红颜也出弟兄　关中
关中的兵马俑驮着唐三彩
关中的太白雪扬着灞柳风
关中的西凤酒就着羊肉泡
关中的西安事变远咧唐僧取经

乐游原上忆秦娥
云想衣裳花想容
大雁塔远望无字碑
晨钟暮鼓谁心动
杜甫碰上兵车行
李白醉卧兴庆宫
白居易吟罢长恨歌
骊山温泉已变冷
长安一片月
万户捣衣声

关中关中关中
关得住西风关不住红中
关得住渭水关不住秦岭
关得住往事关不住旧情

关得住关中
关不住关中
我亲亲的父母一样
兄弟一样
妹子一样的关中

长安情迷

走过你高耸的山岗　云横秦岭
走过你幽深的腹地　曲江流觞
大雁塔上曾见孤雁
忆秦娥时似闻沉香
把馍掰了又掰　泡一碗关中
把稠酒吃咧又吃　醉一场汉唐
把金戈铁马灞陵飞絮马踏匈奴霓裳羽衣
晨钟暮鼓环肥燕瘦
攫成泥　砌成墙　拾掇些唐诗缀斜阳
借那半枯半浊的泾河渭河洗江山
借那一柄出鞘刺天的华山修春秋
没想到再借不来一段好时光
长安一片月　有谁唱秦腔
声嘶力竭青筋暴露血脉偾张
猛一听狠苍凉　仔细一听比那苍凉还苍茫
板胡奏罢一声锣　苍苍苍

大雁塔

七层四角立在城南
一个孩子绕到成年
杜甫登过李白登过
那群大雁再未回返

那个大雁塔的兄弟
四年间晨跑转圈
那天黄昏晚霞满天
啾啾雁声忧伤了秋天

有一块唐朝的青砖
匍匐着张望云天
因为垫在底层
明白了土地的艰难

有一天大雁回家
或许绕塔三圈
故国故人故事多已故去
回不去的从前

链接·关于《大雁塔》

恢复高考第一届，1978年2月，我进入西安矿院地质系学习。从小在西安长大，却并不知悉这所大学的位置。分入宿舍，才发现这是距大雁塔最近的学校，开窗放入雁塔来。几乎每天凌晨起床，先绕塔三大圈，再在旁边的麦田埂上读英语。我内心已将大雁塔视为兄长。翻阅家中影集，发现原来父母带幼时的我来过大雁塔。巧合的是我与母校同年出生。国家社会进入活跃的八十年代，我常去旁边的西影厂看被解禁的老电影和开放的西方片。因为下乡的劳动锻炼和每天的跑步，更因了人称"拼命三郎"的狠劲，我竟能在校运动会上屡破中长跑纪录。每有点儿高兴或不高兴的事我都会来到塔下心语。想到玄奘历经九九八十一难取回"西天"经卷，想到唐代诗人登塔吟咏。

大雁塔见证了多少先生后生，向死而生。

城墙

周秦汉唐的一把土
明代长安的四方城
大风擂动鼓楼的鼓
日头撞响钟楼的钟
城头大雁队队写人字
城脚蚂蚁代代如兵俑

大道经纬看纵横
大河泾渭辨分明
驼背丝绸铺柔软
马踏匈奴射硬弓
灞柳千年返青忆秦娥
城门楼上一垠满江红

西安有城墙
可诗可陈兵
西安有城墙
有魂有灵醒
条条道路通长安
仰天伏地端端正正的四方城

想西安

小时候在城门洞里乱窜
离开了西安想西安
背靠秦岭看渭河
喊一声爹娘哟　我的八百里秦川

唐长安汉长安　长安的汉
大雁塔小雁塔　关中的雁
曲江的妹子你今咋样
灞柳风雪又几年

一抔黄土埋帝王
五岳险就险华山
喝半瓶西凤逛终南
碰见李白杜甫吟诗篇

天子呼来不上船
春风一别玉门关
黄土高坡信天游
天下的豪放泡一碗

小时候在城门洞乱窜
离开了西安想西安
吼一声秦腔谁人懂
屈指算来回声已是两千年

温一壶民国　把盏长安

十三个朝代的流水席
醉过千年

秦岭上有汉赋的流云
渭河畔有唐诗的余音
关中厚土轮回着惊蛰大寒
虽说是一阵阵兵荒马乱
公序良俗仍是一马平川
重教兴学　仰仗河山
碑林的石头刻着士子的肝胆
而今先生回来
背影里映现民族的正面
天寒不改春秋色
长风万里书一卷

温一壶民国
把盏长安
就着秦时明月明城墙
就着故乡的苦辣酸甜
仰面一干

链接·关于《温一壶民国　把盏长安》

2017年12月,受馆长罗宁邀请,"先生回来"全媒体致敬展于陕西省美术馆开幕。西安乡亲络绎不绝,宛如节日,多有几次携亲唤友参观的市民,比我在之前七八座城市办展时都热烈而厚重。想想虽不能言传而精魂犹在的二十位民国先生也当欣慰。我也明白了之所以会写那么多西安的歌词了。这里是我的根须所在,历经过凄惶凄惶,更多了欢喜欢喜。

长安一片月,月能知长安。

故都风物·二十一条

葫芦头
牵肠挂肚事
浓汤且化之

羊肉泡
碗住一番好山水
秦岭泡渭川

肉夹馍
能夹全世界
只靠沃两片

臊子面
见碗如面
萝卜豆腐肉丁辣子姜葱蒜

西凤酒
烈
西风烈

冰峰汽水
城墙根的少年侠
渴望爬冰山

太白山
李白三碗太白酒
太白山头邀月游

华山

刀砍加斧削
上天凿下一方印

大雁塔

七层秋风壮
唐僧西北望

钟楼

黄钟大吕
余音镗出四方道

鼓楼

楼上牌匾文武盛地
底下食肆回民小吃

明城墙

城门洞中回声远
青砖缝隙蚂蚁忙

沉香亭

一曲霓裳羽衣舞
香消玉殒马嵬坡

骊山

东池肤白妃子笑
西山血红坠斜阳

曲江

千年曲水流觞风萧萧
一朝音乐喷泉人嚷嚷

碑林

龙蟠龟驮
汉字赴远

兵马俑

况复秦兵耐苦战
被驱无异一坑泥

乐游原

那年原上开阔处
携手夕阳望昭陵

秦腔

青筋红脸几声吼
老生青衣泪沾襟

唐诗

格律绝句李杜白
一骑绝尘啥时回

灞柳

一片片零落的
故人

链接·关于《故都风物·二十一条》

算不得歌词,只是长安风物注脚,多少内含些秦人性情底蕴。我说普通话偶有磕巴,陕西话一直顺溜。人问何也? 答:又有谁在故乡迷路呢? 不过,二十多年后我也会在几环迷路,正像陕西话也多有不能顺畅表达的地方。

但还是想给汉风唐韵、父老乡亲、秦岭渭河说上一个字:嫽。

春秋调

一

同在春秋里
不同春秋调
子曰　和而不同
穷不失义　达不离道

是谁

是谁折柳相送
是谁孤帆远行
是谁枫桥夜泊
是谁把盏临风
是谁万里悲秋
是谁一片孤城

是谁海内知己
是谁红颜薄命
是谁醉卧沙场
是谁日暮汉宫
是谁折戟沉沙
是谁深藏功名

把那春秋故人嵌入汉字　请河山朗诵
蓦然回首　唐宋遥远　但见沧海月明

春秋调

有了孙子的人
应知些孙子兵法
还有老子的人
可知道道可道非常道

墨子墨守成规
孔子孔孟之道
同在春秋里
不同春秋调

子曰　和而不同
穷不失义　达不离道

链接·关于《春秋调》

多年前,网络尚不发达,更无手机微信、微博,深圳朋友圈相聚还是以仰面絮叨为主,除去论道天下,还会接龙成语,有时也调侃我云里雾里的歌词,权当下酒,好友姜威甚至会拿着东北腔背诵:"那一天你去赤壁/看大江滚滚东流去","白的是云 白的是雪 白的是姑娘"。我即反驳:"你就记住了白姑娘,后边还有说你们那地儿'黑的是夜 黑的是枪 黑的是黑龙江'。"而今姜威走了,大家也聚得少,微信多了。回想朋友们当年的打一巴掌揉三揉,体温犹热。

走得再远,扯得再远,朋友圈一接成语,谐音韵脚总能绕回故园。枕上千里梦,一梦回从前。

故人五阕

司马迁

（史家报国无他物
唯有手中笔如刀）

历史是个男人
忍辱负重
走过一个朝代
拉长夕阳背影

帝王后宫　飞龙走凤
一阵风　几堆皇陵
两千年一声长叹
熬干了几盏油灯

是英雄留取丹心照汗青
又是谁记录汗青
因为发生　所以发生
日月星辰　黑白分明

一管鸿毛之轻
偏写下泰山之重

李白醉（一）

（拿酒来　三百杯
李白不醉天下醉）

愁是白发三千丈
酒是万里长江水
大险不过蜀道难
大风不过迎面吹
大寒不过燕山雪
大气不肯事权贵

三百杯　醉不醉
对饮之人谁是谁
黄河之水天上来
奔流到海不复回
美人如花隔云端
男儿仗剑不须归
樽前好友有明月
身后功名是口碑

李白李太白
天黑天已黑
唐朝的天空满天星
太白金星　兀自洒清辉

李白醉（二）

（借君三尺剑

回来杯酒还）

剑气三声啸竹林
酒醉七分不上船
沉香亭畔霓裳舞
大雁塔上白云卷
太白积雪秦岭秀
太白一醉星月眠

江湖总有船
明月但无岸
燕山雪花大如席
两岸猿声刺破天
蜀道难　难过醉无眠
不见故国且将明月挂窗前

杜甫草堂刚忆君
君却正送孟浩然
遥望帆船成小点
天如水来水如天
随手三千瀑布挂前川
交与杜兄裁剪尽庇天下寒

汉字千百转
律诗绝句难
摩挲一个一个字
留白天地天地宽

汉字明白皆不怕
汉子只怕不明天

明月几时无
除非阴霾天
大道如青天
何妨道旁眠
一醉醉过唐宋元明清
后世惊呼活活一诗仙

若是世世无知己
何妨天天都酣然
若是世世有知己
岂能天天不酣然

李白将进酒
离天三尺三

杜甫瘦

（狂风卷君三重茅
千秋暖世一寒士）

山岭重叠叠地愁
江河呜咽咽地流
一个傲视朱门的诗圣

一个风骨峭拔的老头

人生痛　新婚别
世事乱　兵车吼
华屋广厦敬畏一蓬草
青春作伴酿就三杯酒

四海颠沛　悲天悯人
苍生为念　风雨同舟
黄四娘家花儿千万朵
千年转身斯人独立秋

一茎清竹崖畔瘦
竟将满山幽

东坡游

（明月中天百颗荔
大江东去满襟风）

那一天你去赤壁
看大江滚滚东流去
并肩站着孔明和周瑜
江上战船三百里
风流人物浪淘沙
古今志士同悲喜

那一天你下西湖
信步走出一苏堤
同舟西施浣溪沙
淡妆浓抹总相宜
锦绣河山云雨多
自古英雄爱美女

那一天你上庐山
横岭侧峰如兄弟
云山雾嶂天下事
旁观者清当局迷
是非功过山石鉴
混沌天地有浩气

后来你飞身登月宫
仰叹百年白驹如过隙
吴刚嫦娥桂花酒
青天喝醉流星雨
一曲明月几时有
至今余音无绝期

曹雪芹

（多情种子多情冢
离恨天才离恨天）

大雪之上披一顶红斗篷
万籁俱寂深山几声钟
开辟鸿蒙　谁为情种
一月寒梅　三月春雨　九月浩荡风

能不爱　不能爱　爱不能
捂得住日月　捂不住一个痛
水做的女儿如流水
流走了春　流不走冬

曾经沧海难为水
大观园外无花红
人葬花　花葬人　人花归一家
一个情　十个情　百千万个情

满纸荒唐言　一把辛酸泪
多情种　多情冢
一座大观园
千秋红楼梦

古曲三唱

苏武

十九年　一根已无毛的旌旗
插成中原
千山外　耕牛与战马撕拼
悲痛了大雁

气节无言
威仪无言
大漠无言
金戈铁马一时肃然

秋风骏马冀北
春雨杏花江南
一个汉子
放牧两千年河山

花木兰

战争的事
拿来调皮
春风再厚
不解征衣

一兔奔跑撞上树
两兔奔跑很迷离

一群兔子追上狼
大逆袭

世情妙如性
裙裾若战旗
攻守一千年
响动三万里

花木兰开木兰花
从此胭脂灭铁骑

岳飞

八千里路云和月
背着四个字　精忠报国
三十功名尘与土
扛着四个字　还我河山

一杆长枪一闪
十二道金牌一闪
大宋的社稷一闪
无不黯然

把西湖做一道鱼羹
祭山岳一碗

举国四美

猛一看是闭月羞花　沉鱼落雁
再一看是爱恨情仇　大暑大寒
再再看是那青山碧水黄土蓝天
——衬着一个个红颜

西施

（那天你河边浣纱

卷入了两国厮杀

一抬头夕阳西下

西湖喊你回家）

生了病也美的人

阴了天也美的水

都说潮流代代变

挡不住你一美美了两千岁

月下浣溪沙

雪中一剪梅

吴侬软语声声慢

谁人做梦梦中谁

一棵江南岸边的树

樱桃小口柳叶眉

一叶飘荡江湖的舟

春风掌舵任性飞

说什么国色天香
说什么红颜祸水
小小的江山天大的爱
西施妹妹爱谁就是谁

（吴钩越剑铁马
巧笑倩兮飞霞
英雄封面美人封底
一卷铁血梅花）

杨贵妃

（唐朝丰腴处
瘦影别离歌）

杜牧说　一骑红尘妃子笑
李白说　云想衣裳花想容
白居易说　在天愿作比翼鸟
你一回眸　唐玄宗啥都不再说

沉香亭里几杯酒
唐三彩上几重色
华清池中几股泉

可叹人生爱多恨更多

不管裙带关系有多长
只怕君王夜夜不笙歌
倾国转身成了国将倾
战马悲鸣马嵬坡

美人和江山
一把钥匙一把锁
锁得住关山千万重
锁不住一缕春风穿堂过

（若把贵妃比荔枝
红妆白仁易上火）

貂蝉

（战场陷情场
绝色入绝境）

吕布战三雄
伊人被国倾
色贯连环计
龙搅凤仪亭

以为是皮毛
骨子也伤痛
天下动物都一样
谁个不情种

军营日点兵
红帐夜春风
回看三国谁敌手
万山一点红

（何人能闭月
丽人暗夜行）

王昭君

（长江润明妃
朔漠忽落雁）

红颜黄昏青冢
绿草白云黑山
谁说色是空
空灵生美艳

风声雨声琵琶声
春声秋声日月声

谁说无声胜有声
江南塞北君听见

（穹窿帐里十年息干戈
千军万马一婉转）

链接·关于《古曲三唱》《举国四美》

民国的教科书课文和乐曲中,有四首歌逾千年流传下悲怆与慷慨:《苏武牧羊》《岳飞抗金》《木兰从军》《昭君出塞》。

那一年我们去腾冲国殇墓园拍摄远征军《发现少校》时,赵振英等几位九旬抗战老兵面对当年战友的墓碑,缓缓唱起《满江红》,忽如大风掀来,成连成营编制排列的墓碑顿成千军万马。镜头两边的几代人泪湿衣襟。

那天黄昏休息,我在古玉市场偶然买到了几册老课本,开始了另一场温馨的发现。我始终认为这是远征军给我的馈赠,他们想让我快乐一些。国文修身课本里埋伏的这四课,在抗战关头,在粗糙的印刷纸上,绝地昂扬。

历史溯源

生死不明

和烽烟一起
和杀戮一起
和阴谋阳谋一起
和酒和花一起
和生和死一起
一转身　模糊了你

生死不明的历史
百折不回的过去
痛不欲生的昨天
回首春风的记忆

为打抱不平
先俯身自己

文字刺客

他一直想做刺客
即便一剑落空
大世机缘无二
也就再无易水相送

文字成了第二条命
万千组合　呼啸成风

暗夜安营扎寨
祭着祖宗和来生

天空空　地空空
俯仰心喊无人应
云端飘来七种色
误国救国是书生

把一个字十个字百万个字的兵
死死守着孤城
等待时间的援军
反攻

文字长城

用汉字做砖
垒起垒起一垛垛一垛垛长城
一个伟大的身躯
白骨支撑

每个苦力都是弟兄
所以那一把把汉字
是泥掺泪　石洇血的
久别重逢

链接·关于《历史溯源》

童年上学,撞上"文革",有书皆毒草,人人背"语录"。幸好偶有《千家诗》《唐诗三百首》《宋词选》成漏网之鱼,残喘在几近干涸的汉语大河里,与羸弱的少年相濡以沫。打开诗册,也就合上了门外政治运动的喧嚣,半懂半懵着千年前的悲欢离合,渐渐如入唐庄宋村,听得先民旷古的敞亮。那是母语隔代隔代又隔代地俯近你的耳语,听懂了就直抵心底。方块字,毛笔体,带插图,有韵律,身边事,远方心,故人吟。鲜有哪个民族的文学语库能够这般一逾千年无碍至美地抵达后生。你用现代话解读这些古诗试试:

友情:孤帆远影碧空尽,唯见长江天际流。

爱情:身无彩凤双飞翼,心有灵犀一点通。

亲情:谁言寸草心,报得三春晖。

山野自然:明月松间照,清泉石上流。

西域辽远:大漠孤烟直,长河落日圆。

将士骁勇:黄沙百战穿金甲,不破楼兰终不还。

边陲苍凉:羌笛何须怨杨柳,春风不度玉门关。

⋯⋯⋯⋯⋯⋯

所以,如果你有事胸闷、无事多愁,不妨返身踱步汉语大河,看前人如何看同样的山川流云,春秋纷乱,情感跌宕,世事如烟。

唐诗宋词,把方块汉字一条道推向华山顶,让你尽可俯首四方,诵读河山。

集句小辑

七律·对酒

借问酒家何处有（杜牧）
劝君更尽一杯酒（王维）
为君持酒劝斜阳（宋祁）
东篱把酒黄昏后（李清照）
酒后高歌且放狂（白居易）
举杯销愁愁更愁（李白）
人生有酒须当醉（高翥）
事大如天醉亦休（陆游）

五律·感时

春草年年绿（王维）
春潮夜夜深（王昌龄）
岁月人间促（朱放）
日暮客愁新（孟浩然）
君家何处住（崔颢）
天涯若比邻（王勃）
浮沉千古事（薛莹）
平生一片心（孟浩然）

五律·士人

客心争日月(张说)

落日五湖游(薛莹)

北风吹白云(苏颋)

黄河入海流(王之涣)

从来多古意(杜甫)

偏宜上酒楼(张谓)

乾坤日夜浮(杜甫)

月照一孤舟(孟浩然)

五律·侠客

天地英雄气(刘禹锡)

由来天下传(杨炯)

燕赵悲歌士(钱起)

高枕石头眠(太上隐者)

仗剑行千里(王昌龄)

北斗挂城边(杜审言)

江流石不转(杜甫)

今日水犹寒(骆宾王)

七律·秋月怀古

平分秋色一轮满（李朴）
远别秦城万里游（李涉）
劝君更尽一杯酒（王维）
事大如天醉亦休（陆游）
白日登山望烽火（李颀）
任他明月下西楼（刘禹锡）
长风破浪会有时（李白）
直到天南潮水头（贾岛）

七律·茫然

独上江楼思悄然
月光如水水如天（赵嘏）
此生此夜不长好
明月明年何处看（苏轼）
停杯投箸不能食
拔剑四顾心茫然（李白）
人生有酒须当醉
一滴何曾到九泉（高翥）

七律·关塞

谁家吹笛画楼中

断续声随断续风（赵嘏）

蝴蝶梦中家万里

杜鹃枝上月三更（崔涂）

关塞极天惟鸟道

江湖满地一渔翁（杜甫）

富贵不淫贫贱乐

男儿到此是豪雄（程颢）

七律·清景

三月三日天气新

长安水边多丽人（杜甫）

东园载酒西园醉

摘尽枇杷一树金（戴复古）

疏影横斜水清浅

暗香浮动月黄昏（林逋）

等闲识得春风面

万紫千红总是春（朱熹）

七律·楼外楼

山外青山楼外楼

西湖歌舞几时休(林升)

癫狂柳絮随风舞

轻薄桃花逐水流(杜甫)

总为浮云能蔽日

长安不见使人愁(李白)

贤愚千载知谁是

满眼蓬蒿共一丘(黄庭坚)

七绝·一

一生好入名山游(李白)

一上高城万里愁(许浑)

一半秋山带夕阳(寇准)

一丘一壑也风流(辛弃疾)

七绝·红杏

一枝红杏出墙来(叶绍翁)

千呼万唤始出来(白居易)

无人不道看花回(刘禹锡)

不信东风唤不回(王令)

链接·关于《集句小辑》

在做一组"国之故人"歌词时，想到既然对联可以天南地北人、春夏秋冬事地凑成对（譬如梁启超的集多人句子而成一联：春已堪怜　更能消几番风雨／树犹如此　最可惜一片江山），那么，诗词也可重新嫁接成新曲吧。唐诗宋词已是汉字的登峰造极，将那些名人名篇名句分解了重新结构，合并同类项，融汇差异性，或可构成新篇，虽然平仄和意境上会有出入，但或许让人感触到熟悉又陌生、古树发新枝呢？倘若制成文字积木能不能垒出故垒呢？一时兴起，先集成一首酒篇，随之在诗词故海里翻腾数日，将那当年诗家拉到一处做笔会，拼文辞，难求经典精细，只是意在、义在、逸在、轶在也。

集李清照词

七律·酒意

酒意诗情谁与共(蝶恋花)
物是人非事事休(武陵春)
醉里插花花莫笑(蝶恋花)
自是花中第一流(鹧鸪天)
学诗谩有惊人句(渔家傲)
情疏迹远只香留(鹧鸪天)
花自飘零水自流(一剪梅)
江山留与后人愁(七绝)

一剪梅·凝眸

东篱把酒黄昏后
露浓花瘦　倚门回首
旧时天气旧时衣
难堪雨藉　不耐风揉
庭院深深深几许
一种相思　两处闲愁
枕上诗书闲处好
征鸿过尽　终日凝眸
(集句:醉花阴、点绛唇、南歌子、满庭芳、
临江仙、一剪梅、摊破浣溪沙、凤凰台上忆吹箫)

链接·关于《集李清照词》

突生奇想,索性先请我喜欢的宋词大家李清照来做一个尝试。铺开她一生之词,采撷有所关联甚至差异的同韵句子,集句排序,混搭再造,以呈方块汉字的游戏、中国文脉的意趣,也试探古诗的矿源。第一篇我挑选了她常采用的"谋求"韵,深觉借助此韵下的多首词牌名篇,旷世才女表达了旷世的婉约与哀愁。

新篇好比"一池清水照碧空",乃含隔千年时空而致敬意。组合多种句子和词牌,终像是旧瓶装旧酒,让新世再浇一番块垒罢了。

如她感慨:"千万遍'阳关',也则难留……惟有楼前流水,应念我、终日凝眸。"

成语故事

序

语文课老师讲成语
一件事四个字万千道理
海枯石烂说的是爱情
高山流水形容的友谊
守株待兔只是个竹篮打水
胸有成竹才能够天下无敌
人生百年是那沧海一粟万重关山
就怕你破釜沉舟一鼓作气

找一个沉鱼落雁的女朋友
聚一帮风雨同舟的好兄弟
画龙点睛先画好你的龙
愚公移山每天都要移一移
天下为家　笑傲江湖
春风得意马蹄疾
日月如梭老师的语文课已黄鹤远去
余音绕梁的是千锤百炼千秋万代的中国成语

精卫填海

轻如鸿毛　重如泰山
无边无际的是大海
斜刺里杀出复仇的剑
世间不可辱的是爱

一次次衔西山填东海

精卫鸟比愚公年轻比大羿快

面对着一波一波凶猛的浪

抛出那一根一根瘦弱的柴

没有谁不笑她傻

到后来有个笑的人泪满腮

明知道不可为而为

偏偏要一次次孤独求败

绝望尽头放眼望

身已去　魂还在

天高高　地茫茫

不死的鸟　归去来

刻舟求剑

有个哥们挺实在

丢了东西原地还要捡回来

若非世事多变如流水

宝剑当然等他来

世上太多聪明的人

衬得哥们有点呆

自从丢了一把剑

此后划舟的人滚滚来

守株待兔

站在黄昏等着你
浪漫很忧郁
过尽千帆皆不是
海潮无消息

你的笑容刚刚在眼前
你的背影悄悄已远去
我是一棵不能动的树
等着一次惊心动魄的撞击

你是我的兔子我的欢喜
百万分之一的机遇
世上已有太多的凑合
我只能非你不娶

你是我的兔子我的欢喜
哪怕是百万年一次的相遇

卧薪尝胆

江河短　白发长
胆汁苦　美人香

留得青山一垛柴
浣溪沙里洗斜阳

十年恨　一朝狂
一叶舟　千重浪
谁胜谁败有谁知
戏里戏外两苍茫

鲜衣怒马

穿上我的好衣服骑上剽悍的马
仗剑走天涯
穿上我的好衣服骑上剽悍的马
寻找我的花
不靠天不靠爸
还未来的未来靠拼打

古代的鲜衣怒马
今日的江湖游侠
就是骑着自行车
也纵横天下
就是衣衫单薄
也走哪是哪
快乐是一阵风
吹得乾坤大

无剑走天涯
心头鲜衣怒马

链接·关于《成语故事》

这是一组不同时期信手写来的歌词。因为成语,中国式交流可以言简意赅,形神丰润,通古达今。搜寻到民国老课本的成语课文和成语歌曲,激发我自说自话作词成语故事,照猫画虎也罢,抛砖引玉也罢,独辟蹊径也罢,总是想玉汝于成,成为孩子们未来歌唱吟诵的一种文本。

无妨守株待兔,更待种树植荫,叶茂根深,万木成林。

附录一

爱你如衣（前四稿）

（一稿）

（童声朗诵

一根丝

一块布

一件衣服

爹耕作

娘缝补

四季寒暑

桑梓地

故乡土

亲亲祖母）

是谁穿针引线

把冷暖春秋　缝缝补补

一袭贴身的牵挂

用白棉花　藏个火炉

听听听春蚕破茧歌

看看看霓裳羽衣舞

布衣中国　含辛茹苦

裹着风　挟着云

披一件　泽被四海的东方衣服

（二稿）

一根丝　一块布
牵挂东方的寒暑
穿针引线的历史
缝缝补补

华夏江湖
春风雨露
父亲的耕作
母亲的艺术
杂粮五谷
布衣华服

且看我春蚕破茧歌
且看我霓裳羽衣舞
一根丝　一块布
一个筚路蓝缕的民族

（三稿）

外婆的蓝印花布
妈妈的补丁工作服
女儿的时尚装束
一条曲折出色的路

针脚绵密的日子
不怕风沙尘土
穿针引线的亲情
穿越大寒大暑

千山万水之后
那一件贴身的衣服
像一朵朴素的白棉花
藏着太阳的温度

布衣中国　布衣中国
历史不再是任人打扮的衣服

（四稿）

听一只春蚕
吐丝关山万里
看一朵棉花
覆盖苍凉大地
我冬天的故乡哟
感谢你在我褴褛时相依
爱你如衣

太多的大路
掩盖了小路

太多的爱情
错失了嫁衣
我春天的姑娘哟
感谢你在我衣衫单薄时相遇
爱你如衣

多少事　压箱底
牵一丝　挂一缕
千万人中一握手
使我衣袖香四季
我长风浩荡的命运哟
感谢你对我冷暖不弃
我只能说　爱你如衣

附录二

暗夜一束光（前三稿）

（一稿）

你很远
突然回到今天
多少人去了
留下爱的容颜

黄昏里等待天黑的小板凳
在月下温暖
散场后那个伫立的少年
对一块白幕布留恋

回不去的往事
看得见的从前
在无边无岸的暗夜里
一方银幕金不换。

（二稿）

一部爱情在星河下缱绻
千万忧伤在寒风中轻颤
一束光撕破无边暗夜
有谁在银幕下潸然
大山河草木柔肠
好男儿怒发冲冠

小板凳比大沙发知道得更多
小会堂不及露天影院
刻骨铭心的细节
仿佛转个身的昨天
没有演不完的故事
却有不落幕的青天

星光寥落的时辰
冀望的少年在淡忘中成年
当他开始一次浩瀚的云计算
才发现一生的座位预留在那一晚
一束光驱除万吨黑暗
银幕上高悬一篇预言

（三稿）

当一天简化为晚上
星星在头顶闪亮
露天操场板凳成行
饥饿是一种目光
寂寞岁月常常断片
江湖少年暗自忧伤

暗夜里的一束光
让匍匐的生活一个钟昂扬

别人的命运淌落在脸上
有谁在角落里隔代苍茫
如果如果还有如果
怎样怎样又能怎样

天幕和银幕哪个更大
故事和事故哪个更难忘
一次倾盆大雨
命运淋湿在半路上
爱也是一种伤害
那些够也够不着的远方

积聚一百年的黑暗
打亮一束光
让爱回到出发的地方
世界浓缩成一个晚上
每个人都可能是主演
深深的夜拥抱着那一束光

跋

一曲风中逝
谁能解余音
群蚁忙冬贮
飞鸟动天心
俯身事非事
仰首云亦云
但有河山在
相逢若故人

2019 年 7 月 11 日 深圳

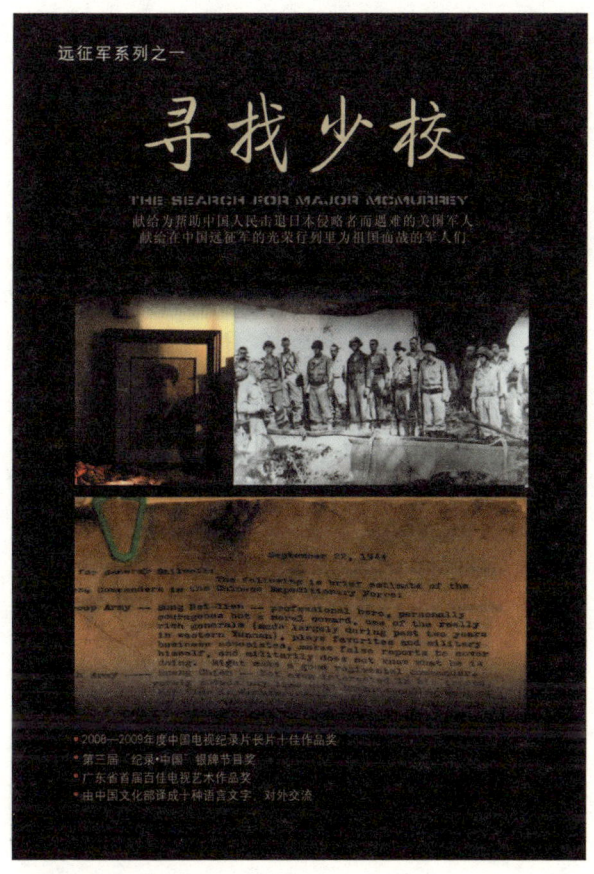

纪录片《寻找少校》海报

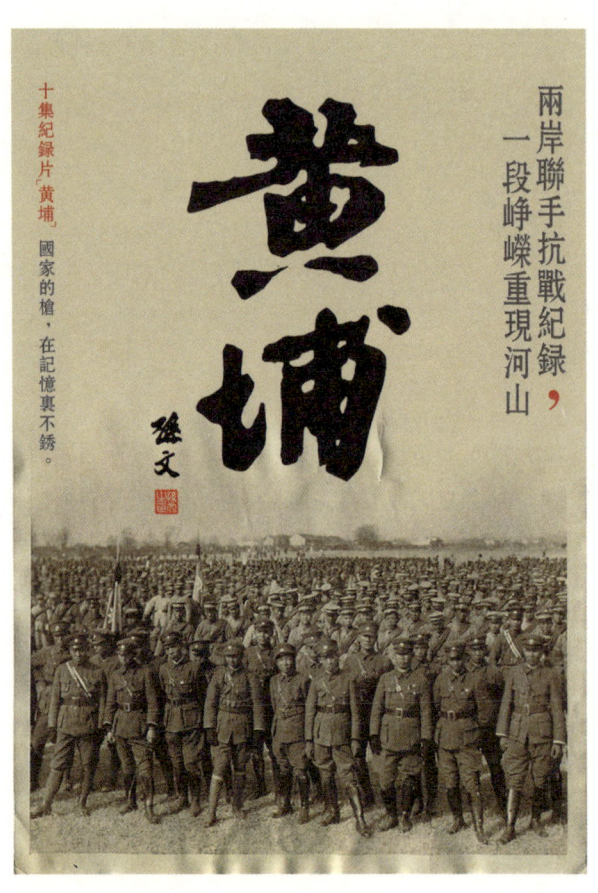

纪录片《黄埔》海报

"先生回来"全媒体致敬展海报

纪录片《名媛》海报

纪录片《民间》海报

纪录片《布衣中国》海报

电视剧《日出》海报

电视剧《大秦帝国》海报

凡事经过,当有歌吟

(部分成歌版歌词一览)

01 风华绝代
02 大风起兮云飞扬
03 谷穗黄了
04 往事如风
05 梧桐雨
06 日山日落是春秋
07 一滴朝露
08 那年去看山
09 白山黑水小村庄
10 传说
11 约会
12 空空的巷子
13 人小鬼大刘罗锅
14 了不得
15 缅甸斜阳不懂我的悲伤
16 爱你如衣
17 问明天
18 不锈
19 暗夜一束光
20 万里长河收一卷
21 云在青天书在手
22 来了就是深圳人

扫一扫
聆听歌曲

01

风华绝代·《大秦帝国》配歌

演唱：谭晶　作曲：赵季平

知己又红颜

大河绕青山

莫道日月长

只恨相逢短

春风度关山

明月照无眠

两地相思苦

一世回望甜

一只孤雁云天路

万千寂寥写长天

是谁一曲灞陵柳

如梦如幻花飞满天

风华绝代总是乱世生

江山不负美

美人如江山

02

大风起兮云飞扬·《大秦帝国》片尾歌
演唱：廖昌永　谭晶　作曲：赵季平

泾水清
渭水黄
是谁泛舟五湖上
挽起女儿一抹霞
挽不住西山坠斜阳

天苍苍　地茫茫
是谁暗夜唱秦腔
花旦跟着老生走
一半妩媚一半悲凉

狼烟边关起
上马披战衣
今生无缘今生变
来生老槐树下还等你

大风起兮云飞扬
四海纵横奔无疆
大风起兮云飞扬
四海纵横奔无疆
悬崖勒马的是将
悬崖不勒马的是王

03

谷穗黄了·《谷穗黄了》片头歌

演唱：崔京浩　作曲：王冰

黑的土长出金黄的谷
白的雪埋了回家的路
蓝的天飞过掉队的雁
红的血染红历史的书
走不完我的山河和朝代
爱不够我的女人和父母

大情大义大江湖
能有几人传千古
百年世事一谷穗
颗粒饱满天下足

04

往事如风·《金陵秘事》片头歌

演唱：王齐　作曲：王宪

是谁站在山顶翻看昨日旧梦
是谁伫立江边感叹逝水无情
大地秘密天空能否读懂
晚秋故事阳春能否说清

往事如风

风在江山里动

往事如风

江山在风里动

千军万马千娇百媚

终是一派沉寂

终是万物皆空

往事如风

风在江山里动

05

梧桐雨·《金陵秘事》片尾歌

演唱：潘军　作曲：王宪

梧桐雨　秋发生

心朦胧　烟花冷

秦淮河上两叶舟

红粉轻来黄金重

青衣衣薄老生老

泪洗粉墨恨是情

钟山不语长江事

石头城外听远钟

莫愁女　金陵梦
权如刀　色如冢
秦淮两岸香风软
阴谋阳谋烟雨中
青衣衣薄老生老
泪洗粉墨恨是情
钟山不语长江事
石头城外听远钟

06

日出日落是春秋·《日出》片头歌
演唱：蔡琴　作曲：王宪

播下了风花雪月
长出是爱恨情仇
一个人的命运
有谁真能看透

说不尽的飘零
逃不掉的邂逅
留不住你的颜色
洗不尽他的忧愁
千古一轮月
照谁上高楼

天边鱼肚白了
潮水落了
心碎的人儿呦
看见了朝霞没有

绿叶黄了秋天
雪花染上了白头
一个人的命运
有谁真能看透
故乡远在天外
故人犹在心头
故事被风吹走
落在了谁家的窗口
小暑大暑接白露
日出日落是春秋

07

一滴朝露·《日出》片尾歌
演唱：罗时丰　作曲：王宪

一夜冷风吹
露珠草上凝
天地无语悄悄春发生
一生之水一滴露

何处觅芳踪

身也飘零　心也飘零

夜夜盼天亮

又怕朝日升

千年相逢转身离别中

滚滚红尘来复去

只见日月明

爱也是痛　恨也是痛

相识在远方

相思在黎明

芳草连天尘埃终落定

绵绵岁月堆成土

女儿水做成

来也晶莹　去也晶莹

人醉了　梦醒了

人醒了　梦碎了

天已亮　人已去

泪已干　风已静

一滴朝露

一滴朝露一点红

08

那年去看山·《日出》配歌
演唱：罗时丰　作曲：王宪

那年去看山
石头也柔情
那年去望海
风清月儿明
双鸟交颈眠
大地万物静
只盼一刻是一世
不求千年作永恒

往事历历如昨
只是换了风景
情怕一生念
花怕一日红
桃李春风一杯酒
江湖夜雨十年灯
含泪眼望含泪眼
断肠人送断肠人

伊人伊人呦
别人梦你你也梦
风说雨说太阳说

如今谁听懂
千人万人中哟
一人两人知哟
望山望海望苍天
斯人独背影

09

白山黑水小村庄·《林海雪原》片头歌
演唱：罗湘　作曲：张千一

白的是云　白的是雪　白的是姑娘
红的是火　红的是血　红的是高粱
黑的是土　黑的是夜　黑的是刀枪
兄弟哟，若是今后不相见
替俺回一趟白山黑水小村庄

喝的是酒　喝的是风　喝的是张狂
走的是山　走的是沟　走的是苍凉
抱的是爱　攥的是恨　扛的是太阳
兄弟哟，若是今后不相见
替俺回一趟白山黑水小村庄

10

传说·《空房子》片头歌

演唱：徐瑾 作曲：王宪

眼睛望着眼睛的时候
我中有你 你中有我
左手牵着右手的时候
我温暖你 你温暖我

门前的大树青了又黄了
世上的爱情却不曾老过
有些花开着无果的花
有些果结出了无花的果

一次次问人问自己
才明白说不明白的是生活
风吹过云飘过鸟儿飞过
那棵树下坐着另外的传说

11

约会·《空房子》片尾歌

演唱：娃娃演唱组 作曲：王宪

有一种约会

一生只有一回
有一种离别
永远都不必伤悲
有一种依恋
黯淡日月星晖
有一种寻找
追逐千山万水

和爱你的　你爱的人
一起欢笑　一起流泪
有一种爱情
简单已经很美

12

空空的巷子·《空巷子》片头歌

演唱：黑鸭子组合　　作曲：王宪

夕阳缓缓走过那条空空的巷子
谁家的门楼上挂着记忆的钥匙
当思念变成天上的彩云
忧伤化作了诗
大地依然　大地依然　默默地春华秋实

平凡的人家有不平凡的故事

爱过的爱　再老也不会过时
如果一首歌能让你回想起往事
那么再厚的年轮
也裹不住那些年轻的日子

13

人小鬼大刘罗锅·《人小鬼大刘罗锅》片尾歌
演唱：吕明、吕立国、许多、热力兄弟
作曲：司马亮

（童谣）
小河流　大波澜
自古英雄出少年
胆大不怕世事乱
人小更见天地宽

（正歌）
都说那个乾坤大
时间却感觉很短
我说这个世界小
怎么看也看不明了
都说那个坏人坏
用什么能让他变好
我说这个好人好

绝不会把是非颠倒

甲乙丙丁　天理昭昭
东西南北　路途遥遥
春夏秋冬　善有善报
一生来去　不能白跑
真把那黑的丑的贪的刁的一勺一勺都烩掉
真把那脏的乱的腐的臭的全部全部都除掉

人生难得　一定要活的精彩
一生无常　你千万特别忍耐
年纪虽小　要确定人生目标

扎稳脚跟挺直腰
看那小罗锅　一身正气
不畏奸计　敢奋勇到底
看那小罗锅背着小罗锅
看似弯腰就是不弯腰

14

不得了·《人小鬼大刘罗锅》片头歌
演唱：尹相杰　作曲：张旭光

假的真不了

真的假不了
丑的美不了
美的丑不了
好的不得了
坏的了不得
好好坏坏　谁是谁非终能分得清诶

不管三七二十一
哪怕九九八十一道坎难不倒
大巧若拙　大拙若巧
笑中有泪　泪中有笑

遮日的云彩
挡不住展翅的鸟
多大的风浪摧不垮好江山

15

缅甸斜阳不懂我的悲伤·《重返野人山》主题歌
演唱：何沐阳　作曲：何沐阳

像是见过你　兄弟
那一年
全世界的雨泼洒你
全中国的苦压着你

从此一去千万里
陌生的土地
故国与你
只能相互在梦里

缅甸斜阳不懂我的忧伤
野人山在哪里
捧一把埋过你的缅甸（缅儿玛）的土
带着你　带着你
回去　回去　回去
回家去

16
爱你如衣·《布衣中国》主题歌
演唱：何沐阳　作曲：何沐阳

棉花开过的四季
苍凉依旧的大地
故乡的讯息　裹住我的浪迹
梦里温衾的暖意

丝路绵延千万里
岁月转身的距离
缠绕的往事　编织成绸忆

而你针刺般华丽

等风起　爱你如衣
剪相思　归去遥遥无期
沉香的那匹　一直压箱底
留给你今生来世做嫁衣

冷暖不弃　爱你如一

17

问明天·《盗火者》主题歌
演唱：何沐阳　作曲：何沐阳

一棵树摇动一棵树
一朵云推动一朵云
一个灵魂唤醒另一个灵魂
一个灵魂就是一片天空

守着东方一张课桌
大地母亲悄悄在问：
今天交给你一个孩子
明天还给我一个怎样的青年

18

不锈·《黄埔》主题歌
演唱：何沐阳　作曲：何沐阳

水在河里　不锈
星在夜里　不锈
梦在心里　不锈
爱在痛里　不锈

家国幻变　山河依旧
血泪在史册里　史册在墓碑里　不锈
没有什么能阻挡岁月的子弹
国家的枪在记忆里
不锈

19

暗夜一束光·第33届百花奖开幕歌曲
演唱：何沐阳　作曲：何沐阳

露天广场汇聚四面八方的向往
好像白帆悬挂在沧海上
埋伏一百年的暗夜突然一束光
卑微的人发现远方
别人的命运淌落在脸上

有谁在角落里隔代苍茫
如果没有梦想
他和她只是零散的村庄

走过走过那原野苍凉
看过看过那百花盛放
每个人命运的蒙太奇
藏着一束光

多年后又听到那首主题歌
想起第一次邂逅的远方
让爱重新回到出发的地方
世界浓缩成一个晚上
别人的命运淌落在脸上
有谁在角落里隔代苍茫
如果没有梦想
他和她只是零散的村庄

走过走过那原野苍凉
看过看过那百花盛放
每个人命运的蒙太奇
藏着一束光

最暗的地方可以最亮
最亮的地方看见天堂

万里长河收一卷·《读者》30年征集歌

演唱：小娟&山谷里的居民　作曲：小娟

（童诵：时光加书香　熏陶好民族
　　　　登高山川小　留白天地宽）

西北望　祁连山
春风度　黄河边
长空雁过天有字
苍茫大地写诗篇
千万读者读《读者》
一生相知一生缘

汉字美　代代传
好文章　春秋选
空谷足音回声远
披沙沥金苦中甜
云卷云舒年复年
万里长河收一卷

（童诵：时光加书香　熏陶好民族
　　　　登高山川小　留白天地宽）

21

云在青天书在手·读书月主题歌
演唱：麦穗　作曲：印青

甲骨文字开天地
竹简百家写春秋
长空雁过天有字
万里山河眼底收

书是一辈子的朋友
天下故事写在心头
书里藏着忘年交
隔着年代握着手

太阳不老天不老
万卷长流水长流
人生风景何处寻
云在青天书在手

22

来了就是深圳人
演唱：徐千雅　作曲：何沐阳

不论你从哪里来　都能听到乡音

异乡和故乡很难分
不论你从哪里来　这座城敞开门
来了就是深圳人

土壤有梦多收获　胸襟开放多风云
深南路像一条流水线　流过青春又青春
云找青山山找云　人找机缘缘找人
天地间苍茫千万里　你我相知一颗心

(RAP：有一座移民之城　住满着青春和梦
这里刮着北纬22度季候风
这里的握手比较有力　这里的微笑比较持久
这里的每天都年轻)

土壤有梦多收获　胸襟开放多风云
深南路像一条流水线　流过青春又青春
云找青山山找云　人找机缘缘找人
天地间苍茫千万里　你我相知一颗心

不论你从哪里来　都能听到乡音
异乡和故乡很难分
不论你从哪里来　这座城敞开门
来了就是深圳人